先生！

、、、好きになってもいいですか？
映画ノベライズ みらい文庫版

河原和音・原作／カバーイラスト
はのまきみ・著
岡田麿里・脚本

集英社みらい文庫

“目次《もくじ》”

先生!

、、、好きになってもいいですか?

“人物紹介《じんぶつしょうかい》”

北高校《きたこうこう》

藤岡勇輔《ふじおかゆうすけ》

北高校《きたこうこう》の弓道《きゅうどう》部部長《ぶぶちょう》で、落《お》ちついた雰囲《ふんい》気《き》の持《も》ち主《ぬし》。響《ひびき》のことが気《き》になる。

好《す》き？

南高校《みなみこうこう》

—生徒《せいと》—

島田《しまだ》 響《ひびき》

弓道部《きゅうどうぶ》に所属《しょぞく》する高校生《こうこうせい》。真面目《まじめ》でちょっぴり内気《うちき》だが、芯《しん》は強《つよ》く頑固《がんこ》なところも。伊藤《いとう》先生《せんせい》に初恋《はつこい》をする。

好《す》き→伊藤貢作
←？

—教師《きょうし》—

伊藤貢作《いとうこうさく》

世界史担当《せかいしたんとう》の教師《きょうし》。いつも無愛想《ぶあいそう》で一見《いっけん》とっつきにくそうに見《み》えるが、本当《ほんとう》は生徒思《せいとおも》いの優《やさ》しい性格《せいかく》。

仲《なか》よし三人組《にんぐみ》

千草《ちぐさ》 恵《めぐみ》

響《ひびき》の親友《しんゆう》で、同《おな》じ弓《きゅう》道部《どうぶ》に所属《しょぞく》。惚《ほ》れっぽい性格《せいかく》で、いつも誰《だれ》かに恋《こい》をしている。現在《げんざい》、関矢先生《せきやせんせい》に片《かた》想《おも》い中《ちゅう》！

好《す》き→関矢正人

川合浩介《かわいこうすけ》

響《ひびき》のクラスメイトで、同《おな》じく弓道部《きゅうどうぶ》。長身《ちょうしん》＆《アンド》イケメンでモテモテだが、本命《ほんめい》の中島先生《なかじませんせい》からは相手《あいて》にされず……。

好《す》き→中島幸子
←？

中島幸子《なかじまさちこ》

男子《だんし》から圧倒的人気《あっとうてきにんき》をほこる美人教師《びじんきょうし》。普段《ふだん》はクールだが、純粋《じゅんすい》な一面《いちめん》も。美術《びじゅつ》を担当《たんとう》。

好《す》き→伊藤貢作

関矢正人《せきやまさと》

響《ひびき》たちのクラスの担任《たんにん》の先生《せんせい》。明《あか》るく爽《さわ》やかな性格《せいかく》で、生徒《せいと》からの人気《にんき》も高《たか》い。担当《たんとう》は数学《すうがく》。

プロローグ

満開《まんかい》の桜《さくら》。

枝《えだ》の間《あいだ》からは、やわらかい日差《ひざ》しがこぼれている。

県立南高校《けんりつみなみこうこう》では、第八十一回目《だいはちじゅういっかいめ》の入学式《にゅうがくしき》が行《おこな》われていた。

「えー……そして、新《しん》一年生《ねんせい》のみなさんには、高校生《こうこうせい》の本分《ほんぶん》というものについて、考《かんが》えていただきたいと……」

体育館《たいいくかん》の壇上《だんじょう》で挨拶《あいさつ》をしている校長先生《こうちょうせんせい》は、どうやら話《はなし》の長《なが》い人《ひと》らしい。

「……私《わたし》の学生時代《がくせいじだい》は、本《ほん》といえば心《こころ》、心《こころ》といえば本《ほん》という具合《ぐあい》で、飯《めし》を食《く》わずに本《ほん》を買《か》えと……」

だらだらつづく校長先生《こうちょうせんせい》の話《はなし》に、新入生《しんにゅうせい》たちはすっかり飽《あ》きてしまった。あちこちから小《ちい》さなおしゃべりが聞《き》こえだす。

島田響《しまだひびき》の前《まえ》の席《せき》でも、おしゃべりがはじまった。

体育館《たいいくかん》はほどよい暖《あたた》かさ。響《ひびき》はだんだん眠《ねむ》くなってきた。

少《すこ》しうつむいて口元《くちもと》を手《て》でおさえ、あくびを一《ひと》つ。ショートボブの髪《かみ》が、さらっと頬《ほお》にかかる。


顔《かお》をあげたとき、教員席《きょういんせき》に座《すわ》る一人《ひとり》の先生《せんせい》と目《め》が合《あ》った。

眼鏡《めがね》をかけた、男性教師《だんせいきょうし》だ。

彼《かれ》も同《おな》じようにあくびをし、響《ひびき》と目《め》が合《あ》うと、あわてて顔《かお》をそむけて姿勢《しせい》を正《ただ》す。

一見《いっけん》、無愛想《ぶあいそう》でこわそうなのに、優《やさ》しげな目《め》をしている——。

そんな彼《かれ》の横顔《よこがお》は、響《ひびき》の心《こころ》の中《なか》にぽつんと残《のこ》った。


このとき、響《ひびき》はまだ知《し》らなかった。

恋《こい》が、どんなものなのかを。

1 ラブレターのゆくえ

入学《にゅうがく》してからの一年《ねん》は、あっという間《ま》に過《す》ぎてしまった。

二年生《ねんせい》になり、九月《がつ》。

路面電車《ろめんでんしゃ》の走《はし》るこの町《まち》では、まだ夏《なつ》のような暑《あつ》さがつづいていた。

半《はん》そでの夏服《なつふく》を着《き》た響《ひびき》は、汗《あせ》ばみながら学校《がっこう》の廊下《ろうか》を走《はし》っていた。

そのうしろに、クラスメイトの千草恵《ちぐさめぐみ》と川合浩介《かわいこうすけ》がつづく。

廊下《ろうか》を歩《ある》く生徒《せいと》たちが、なにごとだろうという顔《かお》で三人《にん》を見《み》た。

「んもーっ。関矢先生《せきやせんせい》の下駄箱《げたばこ》、右《みぎ》から二、上《うえ》から四って言《い》ったじゃん！」

千草《ちぐさ》が、息《いき》を切《き》らしながら響《ひびき》を責《せ》める。

「ご……ごめん。上《うえ》から二、右《みぎ》から四だったと思《おも》って……」

響《ひびき》は素直《すなお》にあやまり、浩介《こうすけ》はこの顚末《てんまつ》にあきれていた。

「おまえなぁ、千草《ちぐさ》。なんでも響《ひびき》にたのむんじゃねーよ。自分《じぶん》のラブレターぐらい自分《じぶん》で入《い》れてこいや！」

「だって〜！」

真面目《まじめ》でおとなしめの響《ひびき》。

元気《げんき》いっぱいで恋多《こいおお》き乙女《おとめ》の千草《ちぐさ》。

文武両道《ぶんぶりょうどう》で背《せ》が高《たか》くイケメンの浩介《こうすけ》。

三人《にん》は同《おな》じ弓道部《きゅうどうぶ》に所属《しょぞく》する、仲《なか》のいい友《とも》だちだった。

職員玄関《しょくいんげんかん》に着《つ》くと、響《ひびき》は下駄箱《げたばこ》を開《あ》ける。

右《みぎ》から四番目《ばんめ》、上《うえ》から二番目《ばんめ》。さっき響《ひびき》が手紙《てがみ》を入《い》れた場所《ばしょ》だ。

手紙《てがみ》はもうなくなっていて、靴《くつ》だけがそこにあった。

千草《ちぐさ》が「ない！」と絶望的《ぜつぼうてき》な顔《かお》をする。

「あ〜〜〜。持《も》ってかれちゃったんだ。私《わたし》、終《お》わったぁぁぁぁ！」

千草《ちぐさ》は、担任《たんにん》の数学教師《すうがくきょうし》、関矢先生《せきやせんせい》のことが好《す》きだ。

その思《おも》いを告白《こくはく》しようと、ラブレターを書《か》いて、響《ひびき》に「関矢《せきや》の下駄箱《げたばこ》へ入《い》れてきて」とたのんだ。

——と、ここまではよかったけれど、響《ひびき》は入《い》れる場所《ばしょ》をまちがえてしまったのだ。

「ごめん。ホントごめん！」

響《ひびき》は千草《ちぐさ》に向《む》かって両手《りょうて》を合《あ》わせて頭《あたま》をさげ、それから下駄箱《げたばこ》をもう一度確認《いちどかくにん》した。

「だれ先生《せんせい》だろ、ここの下駄箱《げたばこ》——」

三人《にん》は、持《も》ち主《ぬし》がだれなのか気《き》づいた。浩介《こうすけ》がため息《いき》をつく。

「……よりによって、伊藤《いとう》かよ」

伊藤貢作《いとうこうさく》は、二十九歳《にじゅうきゅうさい》の世界史《せかいし》の教師《きょうし》。

眼鏡《めがね》をかけた、ぶっきらぼうな先生《せんせい》だ。

入学式《にゅうがくしき》のとき、響《ひびき》と目《め》が合《あ》った先生《せんせい》だった。

手紙《てがみ》はきっと、伊藤先生《いとうせんせい》が持《も》っているにちがいない。

結局《けっきょく》、下駄箱《げたばこ》をまちがえた責任《せきにん》を取《と》って、響《ひびき》が手紙《てがみ》を取《と》りにいくことになった。

響《ひびき》が社会科準備室《しゃかいかじゅんびしつ》からもどるまでの間《あいだ》、千草《ちぐさ》と浩介《こうすけ》は近《ちか》くの階段《かいだん》に座《すわ》って待《ま》つことにした。

千草《ちぐさ》はほおづえをつき、心配《しんぱい》そうに言《い》う。

「あいつ苦手《にがて》なんだよね。しゃれ通《つう》じないし。あーあ、響《ひびき》、大丈夫《だいじょうぶ》かなぁ。響《ひびき》も、伊藤《いとう》のことたぶん苦手《にがて》なのに」

「なんでわかるんだよ？」

「あのね。伊藤《いとう》の世界史《せかいし》、答《こた》えるときに、響《ひびき》ね、少《すこ》しだけ声《こえ》が高《たか》くなるんだよ」

そのころ響《ひびき》は、社会科準備室《しゃかいかじゅんびしつ》のドアをノックしていた。

「失礼《しつれい》します……」

少《すこ》し高《たか》い声《こえ》でそう言《い》い、ドアを開《あ》けておずおずと中《なか》へ入《はい》る。

準備室《じゅんびしつ》の中《なか》は薄暗《うすぐら》く、散《ち》らかっていた。

壁《かべ》じゅうに本棚《ほんだな》が備《そな》えつけられていて、それでも収納《しゅうのう》しきれない本《ほん》が、机《つくえ》やテーブルの上《うえ》に山積《やまづ》みにされている。

伊藤《いとう》は、窓辺《まどべ》の机《つくえ》に向《む》かっていた。

窓《まど》の外《そと》から差《さ》しこむ光《ひかり》の中《なか》で、うつむいて本《ほん》を読《よ》んでいる。

その横顔《よこがお》を見《み》ていたら、響《ひびき》は入学式《にゅうがくしき》のことを思《おも》い出《だ》した。あのとき、響《ひびき》から視線《しせん》をはずした伊藤《いとう》は、こんな横顔《よこがお》をしていたのだ。

窓《まど》からの光《ひかり》に照《て》らされたホコリが、伊藤《いとう》のまわりでちらちら飛《と》びまわっている。

(……緊張《きんちょう》するな)

響《ひびき》はひとつ深呼吸《しんこきゅう》をし、こわばった口《くち》を開《ひら》く。

「い、伊藤先生《いとうせんせい》……」

本《ほん》をめくる指《ゆび》を止《と》め、伊藤《いとう》はちらりと響《ひびき》を見《み》た。

それからまた本《ほん》に視線《しせん》を落《お》とす。

「なんだ？」

「あ……あの、下駄箱《げたばこ》に、手紙《てがみ》が入《はい》ってたと……思《おも》うんです……けど」

響《ひびき》の返事《へんじ》は、緊張《きんちょう》してとぎれとぎれになってしまう。

「ああ、おまえが書《か》いたのか」

「ちっ、ちがいます！　ちーちゃ――」

そこまで言《い》うと、はっと気《き》づいて口《くち》を両手《りょうて》で押《お》さえる。

（まずい。うっかり名前《なまえ》、出《だ》しちゃった）

「千草《ちぐさ》か。いかにも書《か》きそうだな、あいつは」

伊藤《いとう》は読《よ》んでいた本《ほん》を置《お》き、机《つくえ》の引《ひ》き出《だ》しから封筒《ふうとう》を取《と》りだした。さっきまちがえて入《い》れてしまったラブレターだ。表書《おもてが》きに、千草《ちぐさ》の字《じ》で『先生《せんせい》へ』と書《か》いてある。

響《ひびき》はしゅんとして、ラブレターを持《も》つ伊藤《いとう》の手《て》を見《み》つめた。

それは、十七歳《じゅうななさい》の響《ひびき》の手《て》とはちがう、大人《おとな》の男性《だんせい》の手《て》だった。

（大《おお》きい手《て》……）

「どうした？」

声《こえ》をかけられた響《ひびき》は、我《われ》に返《かえ》って手紙《てがみ》を受《う》けとり、ぺこりと頭《あたま》をさげた。

「すみません。失礼《しつれい》します！」

ドアへ向《む》かう響《ひびき》に、伊藤《いとう》が声《こえ》をかける。

「島田《しまだ》」

「は、はい！」

振《ふ》りかえると、伊藤《いとう》はまた本《ほん》を読《よ》みはじめていた。視線《しせん》を本《ほん》に向《む》けたままで言《い》う。

「千草《ちぐさ》に、日本人《にほんじん》なら国語《こくご》くらい真面目《まじめ》にやれ、って言《い》っとけ」

廊下《ろうか》へもどった響《ひびき》は、そのことを千草《ちぐさ》に伝《つた》え、ラブレターを返《かえ》した。

千草《ちぐさ》が封筒《ふうとう》を開《あ》けてみると、そこには赤《あか》ペンでびっしり添削《てんさく》がしてある。

「むかつくぅ〜〜っ！」

語尾《ごび》がおかしい、漢字《かんじ》がまちがっている、文章《ぶんしょう》が適切《てきせつ》ではない……などなどチェックされたあと、最後《さいご》に『差出人名《さしだしにんめい》がないので0点《てん》』と書《か》いてあった。

「あんな女《おんな》っ気《け》ないヤツに、ラブレターの採点《さいてん》されるなんてっ！」

怒《おこ》る千草《ちぐさ》の横《よこ》で、浩介《こうすけ》は大笑《おおわら》いが止《と》まらない。

ふと思《おも》い出《だ》して、千草《ちぐさ》が聞《き》く。

「そうだ、響《ひびき》！　伊藤《いとう》に口止《くちど》めしてきてくれた？」

「あ、忘《わす》れた」

「ええぇぇぇえっ！」

千草《ちぐさ》はラブレターを握《にぎ》りしめ、泣《な》きだしそうな顔《かお》をした。

響《ひびき》がつぶやく。

「……でも、きっと伊藤先生《いとうせんせい》は言《い》わないよ」

たぶん言《い》わない、と響《ひびき》は思《おも》った。なぜそう思《おも》うのかわからないけれど。

（伊藤先生《いとうせんせい》は、そういう人《ひと》だって気《き》がする――）

そのとき、三人《にん》のうしろから、コツコツと足音《あしおと》が聞《き》こえてきた。

「予鈴《よれい》、鳴《な》ってるぞー、おまえら」

振《ふ》りかえると、担任《たんにん》の関矢《せきや》と、美術教師《びじゅつきょうし》の中島幸子《なかじまさちこ》が歩《ある》いてくるところだった。

関矢《せきや》のことが好《す》きな千草《ちぐさ》の目《め》は、とたんにキラキラ輝《かがや》いた。そして、「関矢先生《せきやせんせい》……」と言《い》いかけたところで、浩介《こうすけ》にさえぎられる。

「中島先生《なかじませんせい》！　朝《あさ》っぱらからマジできれいですね」

浩介《こうすけ》は、こういうことをためらいなく口《くち》にできるタイプ。

もちろん、お世辞《せじ》を言《い》っているわけじゃない。

本気《ほんき》だ。本気《ほんき》で浩介《こうすけ》は中島《なかじま》のことが好《す》きだった。

美人《びじん》で、どこかものうげな雰囲気《ふんいき》がある中島《なかじま》に、浩介《こうすけ》はただ憧《あこが》れているだけでなく、恋《こい》をしていた。

中島《なかじま》は、響《ひびき》と千草《ちぐさ》のことをちらりと見《み》ながら言《い》う。

「大人《おとな》をからかわないの。かわいい子《こ》なら、まわりにいくらでもいるでしょう？」

かわいいと言《い》われて、千草《ちぐさ》はうれしそうににっこり笑《わら》う。

けれど、言《い》ったほうの中島《なかじま》は、もうこの話題《わだい》には興味《きょうみ》がなさそうだった。会話《かいわ》を切《き》りあげ、関矢《せきや》といっしょに歩《ある》きだす。

関矢《せきや》が「いやほんと、おきれいですよ」と笑《わら》うと、中島《なかじま》は「やめてください、関矢《せきや》先生《せんせい》まで」と答《こた》え、楽《たの》しそうにおしゃべりを続《つづ》けながら遠《とお》ざかっていく。

千草《ちぐさ》と浩介《こうすけ》はその様子《ようす》を眺《なが》め、二人《ふたり》そろって「むぅぅ……」とふくれっ面《つら》をした。

中島《なかじま》も関矢《せきや》も、千草《ちぐさ》たちのことは〝ただの生徒《せいと》〟としか思《おも》っていないのだ。


午後《ごご》の弓道場《きゅうどうじょう》には、日《ひ》の光《ひかり》がゆるやかに差《さ》しこんでいた。

部員《ぶいん》たちの熱気《ねっき》の中《なか》、響《ひびき》たち三人《にん》は、弓《ゆみ》の準備《じゅんび》をする。

千草《ちぐさ》は、今朝《けさ》のことがまだ気《き》になっていた。まるで中島《なかじま》のご機嫌《きげん》をとるような、関矢《せきや》の態度《たいど》。もしかしたら……と考《かんが》えてしまう。

「あーあ……。やっぱ関矢《せきや》って、中島《なかじま》が好《す》きなのかなー？」

浩介《こうすけ》は、もちろん中島《なかじま》の味方《みかた》をする。

「どうかと思《おも》うぜ、関矢《せきや》のヤロー。生徒《せいと》を前《まえ》に女《おんな》を口説《くど》くようなマネ」

「関矢《せきや》は悪《わる》くない！　中島《なかじま》のエロさにだまされてるんだって！」

「おまえは中島《なかじま》に敵意《てきい》持《も》ちすぎ」

二人《ふたり》は、大《おお》きな声《こえ》で言《い》いあいをはじめる。

「でも、このごろ中島《なかじま》って、やたらと関矢《せきや》といっしょにいるし」

「あーっ、関矢《せきや》ありえねぇ」

「だから関矢《せきや》は悪《わる》くないんだって！」

響《ひびき》は、その様子《ようす》をぼうっと眺《なが》めていた。

「……なんか、楽《たの》しそう」

千草《ちぐさ》と浩介《こうすけ》が同時《どうじ》に「はぁ!?」と振《ふ》りむいたので、響《ひびき》は笑《わら》った。

三人《にん》は、入学《にゅうがく》したときからずっと仲《なか》がよい。

入学《にゅうがく》したのはついこのあいだのような感《かん》じがするのに、気《き》づけばもう二年生《ねんせい》。

（十七歳《じゅうななさい》の今《いま》も、きっとあっという間《ま》に終《お》わってくんだな――）

弓道着姿《きゅうどうぎすがた》の響《ひびき》はそう思《おも》いながら、的前《まとまえ》に立《た》つ浩介《こうすけ》を見《み》やる。

浩介《こうすけ》が弓《ゆみ》を引《ひ》くと、「川合先輩《かわいせんぱい》かっこいい！」だとか「いいよね」だとか、ささやき声《ごえ》が聞《き》こえてくる。浩介《こうすけ》は、後輩《こうはい》の女子《じょし》たちに人気《にんき》があるのだ。

そんな後輩《こうはい》たちを見《み》て、千草《ちぐさ》はあきれる。

「あーあ。みんなだまされちゃって」

響《ひびき》はぼんやりと考《かんが》える。

この後輩《こうはい》たちの中《なか》には、浩介《こうすけ》のことを好《す》きだと思《おも》ってる人《ひと》がいるのかな。

その浩介《こうすけ》は中島先生《なかじませんせい》のことが好《す》きで。ちーちゃんは関矢先生《せきやせんせい》のことが好《す》きで。

どうしてみんなわかるんだろう。

自分《じぶん》がその人《ひと》を好《す》きだって、どうしてわかるんだろう。

響《ひびき》の順番《じゅんばん》がまわってきて、的前《まとまえ》に立《た》つ。

弓《ゆみ》をかまえる。ぴんと張《は》りつめたこの瞬間《しゅんかん》が、響《ひびき》は好《す》きだった。

狙《ねら》いを定《さだ》め、わずかに目《め》を細《ほそ》める。

パーン！

矢《や》は心地《ここち》よい音《おと》を立《た》てて、的《まと》の中心《ちゅうしん》にあたった。

その日《ひ》、朝《あさ》のホームルームの最後《さいご》に、少《すこ》し物騒《ぶっそう》な連絡《れんらく》があった。

担任《たんにん》の関矢《せきや》がクラスを見《み》わたす。

「最近《さいきん》、この学校《がっこう》のまわりを、不審《ふしん》な男《おとこ》がうろついているらしくてな。とくに女子《じょし》は注意《ちゅうい》するように」

「やーん。あんたじゃないの？」

千草《ちぐさ》がふざけてからかうと、浩介《こうすけ》が反撃《はんげき》する。

「コロスぞ、おまえ」

「こわー、浩介《こうすけ》こわっ！」

そのとき、となりのクラスから大《おお》きな笑《わら》い声《ごえ》がおきた。まるで休《やす》み時間《じかん》のようなはしゃぎようだ。

「なんだ、となりは騒《さわ》がしいな。伊藤先生《いとうせんせい》、なにしてんの。ちょっと待《ま》ってろ」

関矢《せきや》がいらついたように教室《きょうしつ》を出《で》て、となりの伊藤《いとう》のクラスを確認《かくにん》しにいく。

担任《たんにん》がいなくなると、生徒《せいと》たちはとたんにおしゃべりをはじめた。

響《ひびき》の席《せき》は窓際《まどぎわ》だった。ぼんやり外《そと》を眺《なが》め、それからなにげなく中庭《なかにわ》を見《み》おろし、思《おも》わず小《ちい》さな声《こえ》をもらす。

「あ……」

ちょうど窓《まど》の下《した》。

木陰《こかげ》になったベンチの上《うえ》に伊藤《いとう》が横《よこ》たわり……どうやら眠《ねむ》っているようだった。

（ホームルームの時間《じかん》がはじまってることに、気《き》づいてないんだ）

響《ひびき》は自分《じぶん》の机《つくえ》の上《うえ》を見《み》まわし、置《お》いてある英和辞書《えいわじしょ》に目《め》をとめる。

とっさにそれをつかんで、ベンチに向《む》かって放《ほう》り投《な》げた。

ドサッ、と音《おと》がして、辞書《じしょ》は伊藤《いとう》のお腹《なか》に命中《めいちゅう》した。

「…………!?」

伊藤《いとう》がお腹《なか》を押《お》さえて起《お》きあがり、ゲホゲホせきこみながら校舎《こうしゃ》を見《み》あげる。

伊藤《いとう》と響《ひびき》の目《め》が合《あ》った。

響《ひびき》は自分《じぶん》の左手首《ひだりてくび》の、ちょうど腕時計《うでどけい》をするあたりを見《み》せて、右手《みぎて》で指《ゆび》さした。声《こえ》を出《だ》さずに、口《くち》だけ動《うご》かす。

（時間《じかん》、時間《じかん》！）

伊藤《いとう》はようやく自分《じぶん》の腕時計《うでどけい》を確認《かくにん》すると、あわてて上着《うわぎ》と缶《かん》コーヒーをつかみ、走《はし》りだした。

響《ひびき》はくすっと笑《わら》う。

入学式《にゅうがくしき》の最中《さいちゅう》にあくびをしたり、ラブレターを添削《てんさく》したり、チャイムにも気《き》づかずにベンチで居眠《いねむ》りしたり。

伊藤《いとう》はほかの先生《せんせい》たちとは、なんだかちがうな、と響《ひびき》は思《おも》った。

その日《ひ》の休《やす》み時間《じかん》は、ホームルームで連絡《れんらく》があった不審者《ふしんしゃ》の話題《わだい》で持《も》ちきりだった。

「やっぱいよね、不審者《ふしんしゃ》。やっぱ女子高生《じょしこうせい》って、たまんないもんがあるのかな？」

廊下《ろうか》のロッカーに授業《じゅぎょう》で使《つか》った体育着《たいいくぎ》をしまいながら、千草《ちぐさ》が言《い》う。

「やだ、気持《きも》ちが悪《わる》い」

響《ひびき》は眉《まゆ》をひそめた。

「先生《せんせい》たちも、けっこう我慢《がまん》してたりするのかも。とびきりおいしそーなウチらを、いっつも前《まえ》にして――」

「不審者《ふしんしゃ》といっしょにするな」

と、うしろから声《こえ》がして、千草《ちぐさ》と響《ひびき》はびっくりして振《ふ》りかえる。

伊藤《いとう》が立《た》っていた。

響《ひびき》の胸《むね》が、ドキンと高鳴《たかな》る。顔《かお》が赤《あか》くなるのがわかった。

「あっ、盗《ぬす》み聞《ぎ》きっ！」

千草《ちぐさ》が騒《さわ》いでも、伊藤《いとう》はしかめっ面《つら》のまま、話《はなし》にはのってこない。

「あれだけデカい声《こえ》で話《はな》してりゃ、嫌《いや》でも聞《き》こえる」

「でも、でも先生《せんせい》、たまにウチらを見《み》てて、ドキッとかしない？」

「しない」

即答《そくとう》されて、千草《ちぐさ》がふてくされる。

伊藤《いとう》は、手《て》に持《も》っていた英和辞書《えいわじしょ》を、ぽんと響《ひびき》の頭《あたま》の上《うえ》にのせた。朝《あさ》、響《ひびき》が窓《まど》からほうり投《な》げた辞書《じしょ》だ。

響《ひびき》はどぎまぎしながら、頭《あたま》の上《うえ》の辞書《じしょ》をつかんだ。

「当《あ》たりどころが悪《わる》かったら、死《し》ぬぞ」

伊藤《いとう》は辞書《じしょ》を持《も》つ手《て》をはなし、ほんの一瞬《いっしゅん》だけ表情《ひょうじょう》を緩《ゆる》ませて響《ひびき》を見《み》る。

「どうもな」

そして「はじめるぞー」と言《い》うと、そっけなく教室《きょうしつ》へ入《はい》っていった。

千草《ちぐさ》が「あいつ、やっぱむかつく！」とむっとしながら、教室《きょうしつ》へ向《む》かう。

響《ひびき》は、辞書《じしょ》を胸《むね》にぎゅっと抱《だ》きしめた。

(どうもな、だって……)

耳《みみ》の奥《おく》に、伊藤《いとう》の言葉《ことば》が残《のこ》って離《はな》れない。

授業中《じゅぎょうちゅう》も、響《ひびき》は伊藤《いとう》のことばかりが気《き》になった。

「〝おまえが未来《みらい》に出会《であ》う災《わざわ》いは、おまえがおろそかにした過去《かこ》の報《むく》いだ〟。ナポレオンの有名《ゆうめい》な言葉《ことば》だが――」

板書《ばんしょ》をする伊藤《いとう》を、響《ひびき》はじっと見《み》つめた。

「――まあ、おまえらも、後悔《こうかい》したくなかったら、今《いま》をおろそかにするなってことだな」

その声《こえ》を聞《き》きながら、響《ひびき》はノートに書《か》きうつす。

『おまえが未来《みらい》に出会《であ》う災《わざわ》いは、おまえがおろそかにした過去《かこ》の報《むく》いだ』

響《ひびき》にとってそれは、とてもとても大事《だいじ》な言葉《ことば》のように思《おも》えるのだった。

2 伝《つた》わらない気《き》持《も》ち

部活《ぶかつ》が終《お》わる時間《じかん》になると、外《そと》はすっかり暗《くら》い。

千草《ちぐさ》と響《ひびき》の通学路《つうがくろ》は、途中《とちゅう》まで同《おな》じ。おしゃべりをしているうちに、分《わ》かれ道《みち》まであっという間《ま》に着《つ》いてしまう。

橋《はし》をわたりきると、千草《ちぐさ》が押《お》していた自転車《じてんしゃ》を止《と》めて言《い》う。

「じゃあね。おたがい不審者《ふしんしゃ》に襲《おそ》われないよう、気《き》ぃつけていこーねー！」

響《ひびき》は笑《わら》った。

「やめてよー」

「じゃあねー」

「ばいばい」

二人《ふたり》は手《て》をふり、千草《ちぐさ》は自転車《じてんしゃ》、響《ひびき》は歩《ある》きで、それぞれの道《みち》に分《わ》かれていく。

響《ひびき》の通学路《つうがくろ》は、人《ひと》けがなくて明《あ》かりの少《すく》ない住宅地《じゅうたくち》。不審者《ふしんしゃ》の話《はなし》なんて聞《き》いてしまったから、暗《くら》がりがちょっとこわい。

と、そこへ、背後《はいご》からタッタッタッタッと規則正《きそくただ》しい足音《あしおと》が聞《き》こえてきた。

ちらっと振《ふ》りむく。

フードを目深《まぶか》にかぶった男《おとこ》が、走《はし》ってこちらへ近《ちか》づいてくるのが見《み》えた。

響《ひびき》はビクッとして身《み》をちぢめた。

(もしかして……不審者《ふしんしゃ》!?)

こんなところで襲《おそ》われたら、助《たす》けも呼《よ》べない。おそろしくなった響《ひびき》は、とっさに走《はし》りだした。

そのうしろを、男《おとこ》がついてくる。

(どうしよう。まだ足音《あしおと》が聞《き》こえる——)

そう考《かんが》えたとたん、恐怖《きょうふ》のあまり足《あし》がもつれてしまった。そして、

「あっ……!」

響《ひびき》の体《からだ》は、バランスをくずして派手《はで》に倒《たお》れてしまう。

ちょうどそのとき、車道《しゃどう》を走《はし》ってきた車《くるま》が、路肩《ろかた》に停止《ていし》した。歩道《ほどう》に倒《たお》れている響《ひびき》に気《き》づいたようだ。

停《と》まった車《くるま》のヘッドライトが響《ひびき》を照《て》らす。それがまぶしくて、目《め》を細《ほそ》めた。

中《なか》から男《おとこ》が走《はし》りでてくる。

「どうした？」

響《ひびき》に近《ちか》づいた男《おとこ》が、はっとおどろいた。

「島田《しまだ》!?」

車《くるま》をおりて駆《か》けよってきたのは、伊藤《いとう》だった。

パニックになった響《ひびき》は、立《た》ちあがりざま、思《おも》いっきり伊藤《いとう》に飛《と》びついた。

「せ……先生《せんせい》！」

「おい、島田《しまだ》……」

「……先生《せんせい》、こわかったです……」

やがて、二人《ふたり》から少《すこ》し離《はな》れた場所《ばしょ》に、フードをかぶった男《おとこ》が立《た》ちどまる。男《おとこ》はパーカのフードを取《と》ると、つけていたイヤホンをはずし、タオルで汗《あせ》を拭《ふ》きはじめた。

なんのことはない、彼《かれ》はただジョギングをしていただけだった。響《ひびき》が勘《かん》ちがいし、不審者《ふしんしゃ》と思《おも》いこんでしまったのだ。

それでも響《ひびき》は、伊藤《いとう》の腕《うで》の中《なか》でガタガタふるえていた。

とんだ思《おも》いちがいではあるけれど、本当《ほんとう》にこわかったのだ。

伊藤《いとう》はほっとしたものの、響《ひびき》に抱《だ》きつかれてとまどった。

どうにか落《お》ちつかせようと、響《ひびき》の頭《あたま》をあやすようにぽんぽんと撫《な》でた。

そのあと伊藤《いとう》は、ケガをした響《ひびき》を病院《びょういん》へ連《つ》れていった。

幸《さいわ》いなことにケガはさほどひどくなく、膝《ひざ》をすりむいた程度《ていど》だ。

処置《しょち》が終《お》わった響《ひびき》は、膝《ひざ》に大《おお》きなガーゼを貼《は》りつけ、待合室《まちあいしつ》に腰《こし》かけうつむいた。

伊藤《いとう》が、自動販売機《じどうはんばいき》で紙《かみ》パックのいちごオレを買《か》い、響《ひびき》にわたす。

「ほら」

「……ありがとうございます……」

やがて両親《りょうしん》が到着《とうちゃく》し、響《ひびき》はワゴン車《しゃ》に乗《の》せられ帰《かえ》っていった。


後部座席《こうぶざせき》に座《すわ》った響《ひびき》は、ずっとウィンドウ越《ご》しに外《そと》を眺《なが》めていた。

母《はは》と父《ちち》が話《はな》している声《こえ》が耳《みみ》に入《はい》ってくる。

「たいしたことがなくて、本当《ほんとう》によかったわ。勘《かん》ちがいだなんて、昔《むかし》っからほんっと思《おも》いこみが激《はげ》しいんだから」

助手席《じょしゅせき》の母《はは》がすこしあきれて言《い》い、運転席《うんてんせき》の父《ちち》が答《こた》える。

「こんなご時世《じせい》だ。思《おも》いこみが激《はげ》しいくらいで、女《おんな》の子《こ》はちょうどいいだろ。なあ、母《かあ》さん。明日《あした》から送迎《そうげい》できないのかな」

「やだ、過保護《かほご》すぎるのよ、お父《とう》さんは。もう響《ひびき》も子《こ》どもじゃないんだから」

「まだ子《こ》どもです！」

響《ひびき》はおしだまって二人《ふたり》の会話《かいわ》を聞《き》きながら、「子《こ》ども」という言葉《ことば》を胸《むね》の中《なか》で繰《く》りかえす。

手《て》には、伊藤《いとう》からもらったいちごオレのパック。

（いちごオレなんて――）

「やっぱり子《こ》ども……ってことなのかな」

思《おも》わずつぶやくと、運転席《うんてんせき》でハンドルを握《にぎ》る父《ちち》が反応《はんのう》した。

「ん？　どうした、響《ひびき》」

「ううん……」


さっきから、響《ひびき》の心《こころ》には、伊藤《いとう》の姿《すがた》ばかりがうかんでいた。

（頭《あたま》、撫《な》でてくれた。やっぱり大《おお》きな手《て》だった）

響《ひびき》はそう思《おも》い、窓《まど》の外《そと》を流《なが》れていく夜《よる》の景色《けしき》を眺《なが》めつづけた。

翌日《よくじつ》の昼休《ひるやす》み。

浩介《こうすけ》は美術室《びじゅつしつ》のドアをがらりと開《あ》け、中《なか》へ入《はい》っていく。

中島《なかじま》が一人《ひとり》、石膏《せっこう》の胸像《きょうぞう》をモデルにして絵《え》を描《か》いていた。浩介《こうすけ》は、昼休《ひるやす》みに中島《なかじま》が美術《びじゅつ》室《しつ》にいることを知《し》っていた。会《あ》いたくてここへ来《き》たのだ。

「やっぱうまいね」

浩介《こうすけ》が絵《え》をほめると、中島《なかじま》はそっけない返事《へんじ》をした。

「当《あ》たり前《まえ》でしょ。これでごはん食《た》べてるんだから」

浩介《こうすけ》は、胸像《きょうぞう》の横《よこ》に座《すわ》り、友《とも》だちにするように胸像《きょうぞう》の肩《かた》に腕《うで》をまわす。

「先生《せんせい》、自画像《じがぞう》とか描《か》かねえの？　俺《おれ》、先生《せんせい》の絵《え》だったら十万《じゅうまん》出《だ》しても——」

浩介《こうすけ》が言《い》いおわらないうちに、中島《なかじま》はふうっと息《いき》をつく。

「言《い》ったでしょ。ほかにいくらでも若《わか》くてかわいい子《こ》が……」

「俺《おれ》、ガキは興味《きょうみ》ないんで」

「奇遇《きぐう》ね。私《わたし》もよ」

浩介《こうすけ》はムッとした。中島《なかじま》は「浩介《こうすけ》みたいな子《こ》どもには興味《きょうみ》がない」と言《い》いたいのだ。高校生《こうせい》の気《き》まぐれだと思《おも》っている。

こんなふうに、いつでもうまくかわされてしまう。

浩介《こうすけ》は真剣《しんけん》に中島《なかじま》のことが好《す》きなのに、その思《おも》いは伝《つた》わらなかった。

午後《ごご》の部活《ぶかつ》がはじまっても、浩介《こうすけ》は機嫌《きげん》が悪《わる》いままだった。

後輩《こうはい》の男子部員《だんしぶいん》が「矢取《やと》り入《はい》りまーす」と矢取《やと》り道《みち》に入《はい》ったが、その声《こえ》が気《き》に入《い》らなかった。思《おも》わずどなる。

「コラァ一年《ねん》！　声小《こえちい》せえ！　矢取《やと》りに入《はい》るときはもっと声出《こえだ》して行《い》け！」

しかられた男子部員《だんしぶいん》が「すみません！」と頭《あたま》をさげる。

少《すこ》し離《はな》れたところで弓《ゆみ》の準備《じゅんび》をしていた千《ち》草《ぐさ》と響《ひびき》は、手《て》を止《と》め、顔《かお》を見《み》合《あ》わせた。あんなふうにどなるなんて、今日《きょう》の浩介《こうすけ》は、虫《むし》の居所《いどころ》がすごく悪《わる》いようだ。

しばらくすると、二人《ふたり》のところへ浩介《こうすけ》がやってきて、しかめっつらでドカッと座《すわ》った。

千《ち》草《ぐさ》がニヤニヤしながら聞《き》く。

「なーにイライラしてんの？」

浩介《こうすけ》は、もっと中島《なかじま》のことを知《し》りたかった。好《す》きな人《ひと》のことは、なんでも知《し》りたくなるものだ。

そして、ふと思《おも》いつく。

「なあ、日曜《にちよう》の練習《れんしゅう》のあと、中島《なかじま》の家《いえ》に遊《あそ》びに行《い》かね？」

「は？　どうして中島《なかじま》の!?」

「職員寮《しょくいんりょう》だろ？　関矢《せきや》も住《す》んでんぞ」

千《ち》草《ぐさ》の顔《かお》がぱっと明《あか》るくなった。

「行《い》きたい！」

二人《ふたり》が盛《も》りあがる横《よこ》で、響《ひびき》だけはためらっていた。

職員寮《しょくいんりょう》には、伊藤《いとう》も住《す》んでいるからだ。


日曜日《にちようび》の午後《ごご》。空《そら》はとても晴《は》れていた。

制服姿《せいふくすがた》の三人《にん》は、部活《ぶかつ》の荷物《にもつ》を持《も》ったまま、職員寮《しょくいんりょう》へ向《む》かう。

軽《かる》い気持《きも》ちで来《き》てみたものの、ここは先生《せんせい》たちがふだん生活《せいかつ》している場所《ばしょ》。学校《がっこう》で会《あ》うときとはちがう先生《せんせい》がいると思《おも》うと、わくわくもするし、少《すこ》し不安《ふあん》にもなる。

「ねー、ここでいいんだよね？」

三人《にん》で、ベランダ側《がわ》の窓《まど》を見《み》あげる。

中島《なかじま》の部屋《へや》のカーテンが閉《し》まっているのに気《き》づき、浩介《こうすけ》はがっかりした。

「なんだ。いねーのかな」

「そのうち帰《かえ》ってくるんじゃない？」

と響《ひびき》が答《こた》えると、千草《ちぐさ》がふてくされてつぶやく。

「関矢《せきや》もいないみたい。もう、せっかく来《き》たのにぃ……」

すると、中島《なかじま》の部屋《へや》のとなりの窓《まど》が、ガラッと開《あ》いた。

「……うるせえ」

ベランダに出《で》てきたのは、部屋着《へやぎ》のままの伊藤《いとう》。

髪《かみ》がぐしゃぐしゃで、寝起《ねお》きの顔《かお》をしている。

(伊藤先生《いとうせんせい》！)

響《ひびき》の心臓《しんぞう》が、トクトクと音《おと》をたてはじめた。

結局《けっきょく》三人《にん》は、伊藤《いとう》の部屋《へや》に入《い》れてもらうことになった。

浩介《こうすけ》と千草《ちぐさ》は、リビングに入《はい》るなりくつろぎはじめた。浩介《こうすけ》など、ソファにどっかり座《すわ》り、まるで自分《じぶん》の家《いえ》のように大《おお》きな顔《かお》をしている。

響《ひびき》はどうも落《お》ちつかなかった。きちんと正座《せいざ》をして、部屋《へや》を見《み》まわす。

千草《ちぐさ》がぼそっとこぼす。

「なーんか、色気《いろけ》のない部屋《へや》だなぁ」

たしかに、机《つくえ》にも棚《たな》にも置《お》いてあるのは難《むずか》しそうな本《ほん》ばかりで、かざりっ気《け》がない。

「いやぁ、すんませんね、先生《せんせい》。俺《おれ》、ブラックで」

浩介《こうすけ》がそう言《い》うと、千草《ちぐさ》が手《て》をあげた。

「先生《せんせい》！　私《わたし》、紅茶《こうちゃ》がいい！」

伊藤《いとう》がマグカップを三《みっ》つ持《も》って、台所《だいどころ》からあらわれる。そろいのカップがないらしく、三《みっ》つとも形《かたち》と大《おお》きさがバラバラだ。

「全員《ぜんいん》、お茶《ちゃ》」

伊藤《いとう》がぶあいそうに言《い》うと、浩介《こうすけ》が「ええええ」と声《こえ》をあげた。

「いやなら水道水《すいどうすい》。それより、なにしに来《き》たんだ、おまえら」

「担任訪問《たんにんほうもん》でーす！」

と、浩介《こうすけ》がマグカップを手《て》に取《と》る。

「おまえら、関矢先生《せきやせんせい》のクラスだろうが」

「やーん。先生《せんせい》こわーい。彼女《かのじょ》にもそーゆー態度《たいど》なの？」

千草《ちぐさ》がおおげさにこわがるふりをする。

伊藤《いとう》はあきれて答《こた》えた。

「関係《かんけい》ないだろ」

「えっ？　うそ！　彼女《かのじょ》いるの!?」

「んなもん、いねえよ。めんどうくさい」

そのやりとりを聞《き》いているうちに、響《ひびき》の心臓《しんぞう》が、またトクトクと高鳴《たかな》りはじめた。

(彼女《かのじょ》……いないんだ)

目《め》をふせる響《ひびき》のとなりで、千草《ちぐさ》は無邪気《むじゃき》に伊藤《いとう》をからかう。

「え、なになに？　女《おんな》ギライってこと？　それって問題発言《もんだいはつげん》じゃない？」

そのとき、窓《まど》の外《そと》から車《くるま》のエンジン音《おん》が聞《き》こえてきた。

「帰《かえ》ってきた！」

千草《ちぐさ》が「関矢《せきや》せんせーっ！」と目《め》を輝《かがや》かせて玄関《げんかん》へ飛《と》んでいき、ドアを開《あ》けて階段《かいだん》をかけおりる。

しかし、車《くるま》から出《で》てきたのは関矢《せきや》だけではなかった。

助手席《じょしゅせき》からおりてきたのは、中島《なかじま》。

関矢《せきや》は、両手《りょうて》にショッピングバッグをたくさん持《も》っている。二人《ふたり》はいっしょに買《か》い物《もの》に出《で》かけていたようだ。

それにいち早《はや》く気《き》づいた千草《ちぐさ》は、ショックを受《う》けた。

「……関矢先生《せきやせんせい》」

千草《ちぐさ》のあとから階段《かいだん》をおりてきた浩介《こうすけ》が、関矢《せきや》と中島《なかじま》をにらみつける。

「先生《せんせい》がた、つきあってんの？」

「なに言《い》ってるの。ちょっと送《おく》ってもらっただけよ」

中島《なかじま》はそう答《こた》え、階段《かいだん》の上《うえ》にいる伊藤《いとう》を、なにか言《い》いたげにちらりと見《み》る。

それから視線《しせん》を浩介《こうすけ》たちにもどす。

「あなたたちも、関矢先生《せきやせんせい》に送《おく》ってもらったら？」

いきなり名指《なざ》しされ、関矢《せきや》は「えっ？」とすっとんきょうな声《こえ》をあげた。

「関矢先生《せきやせんせい》、お願《ねが》いしますね。〝大事《だいじ》な生徒《せいと》たち〟ですから」

浩介《こうすけ》はカチンときて言《い》った。

「いいよ、べつに。帰《かえ》ろうぜ」

浩介《こうすけ》には、中島《なかじま》がわざと「大事《だいじ》な生徒《せいと》たち」と強調《きょうちょう》したのがわかった。

先生《せんせい》は大人《おとな》で、生徒《せいと》は子《こ》ども。きっとそう言《い》いたいのだ。

不機嫌《ふきげん》そうに伊藤《いとう》の部屋《へや》へもどる浩介《こうすけ》を追《お》い、千草《ちぐさ》も階段《かいだん》をかけあがってくる。

「あ、待《ま》ってよ……浩介《こうすけ》！」

二人《ふたり》を心配《しんぱい》そうに見《み》つめながら、響《ひびき》も荷物《にもつ》を取《と》りに部屋《へや》へもどった。

職員寮《しょくいんりょう》へ押《お》しかけた次《つぎ》の日《ひ》。

響《ひびき》はなんだか朝《あさ》から頭《あたま》がぼんやりしていた。数学《すうがく》の授業中《じゅぎょうちゅう》だけれど、内容《ないよう》がちっとも頭《あたま》に入《はい》ってこない。

「――だからこのグラフはこのような曲線《きょくせん》になり……」

板書《ばんしょ》しながらグラフの説明《せつめい》をする関矢《せきや》の声《こえ》が、耳《みみ》から耳《みみ》へと抜《ぬ》けていく。

前日《ぜんじつ》の出来事《できごと》が、響《ひびき》の心《こころ》にひっかかっていてしかたがなかった。

となりの席《せき》に座《すわ》る千草《ちぐさ》が腕《うで》をそっと伸《の》ばし、響《ひびき》の机《つくえ》の上《うえ》に小《ちい》さな紙《かみ》きれを置《お》く。

(えっ、なに?)

開《ひら》くと、短《みじか》いメッセージが書《か》いてあった。

『日曜日《にちようび》に　二人《ふたり》で出《で》かけるなんて　絶対《ぜったい》絶対《ぜったい》　あやしいよね』

響《ひびき》はちょっと考《かんが》えてから、メモをつけくわえて千草《ちぐさ》にもどす。

『なんで　先生《せんせい》なんて　好《す》きになるの？』

すぐに千草《ちぐさ》から返事《へんじ》のメモが返《かえ》ってきた。

『えー？　どうしてそんなこと聞《き》くの？』

響《ひびき》は、ほんとうにわからなかったのだ。

先生《せんせい》は、近《ちか》いようで遠《とお》い存在《そんざい》。プライベートも、芸能人《げいのうじん》なみに謎《なぞ》。

（先生《せんせい》って、私《わたし》たちよりずっと大人《おとな》だし、好《す》きになったところで振《ふ》りむいてくれる可能性《かのうせい》なんてすごく低《ひく》いのに――）

響《ひびき》は、またメッセージを書《か》いた。

『だって　両想《りょうおも》いになる確率《かくりつ》　低《ひく》いじゃん』

それを千草《ちぐさ》にわたすと、読《よ》んだ千草《ちぐさ》が、「うわーん」と小《ちい》さな声《こえ》をあげて泣《な》きだした。

あわてて響《ひびき》がささやく。

「ち……ちーちゃん。〝生徒《せいと》よりは〟確率《かくりつ》が低《ひく》いってこと」

それでも千草《ちぐさ》が泣《な》きやまない。響《ひびき》がなだめようと「ちーちゃん、ちーちゃん」とささやいているところへ、関矢《せきや》のどなり声《ごえ》が飛《と》んできた。

「こら、そこ！　島田《しまだ》、おまえ立《た》て！」

響《ひびき》は、ガタンと椅子《いす》の音《おと》をたて、はじかれたように立《た》ちあがった。

千草《ちぐさ》が不安《ふあん》そうに響《ひびき》を見《み》あげる。

「おまえ、テストが近《ちか》いのに、たるんでるぞ。百三十三《ひゃくさんじゅうさん》ページの練習問題《れんしゅうもんだい》ぜんぶ、放課後《ほうかご》に残《のこ》ってやって、俺《おれ》んとこに見《み》せにこい！」

「え……」

響《ひびき》は思《おも》わず絶句《ぜっく》してしまった。

放課後《ほうかご》にこの量《りょう》の問題《もんだい》をこなすのは、けっこうキツイ。

「返事《へんじ》は？」

「……はい」

消《き》え入《い》りそうな声《こえ》で返事《へんじ》をし、響《ひびき》は椅子《いす》に座《すわ》った。

関矢《せきや》に言《い》われたとおり、放課後《ほうかご》、響《ひびき》は練習問題《れんしゅうもんだい》にとりかかった。

教室《きょうしつ》で居残《いのこ》りしているのは、響一人《ひびきひとり》。廊下《ろうか》もしんと静《しず》まりかえっている。

日《ひ》が落《お》ちて外《そと》が暗《くら》くなり、しばらく経《た》ったころ、とつぜん教室《きょうしつ》の蛍光灯《けいこうとう》がともった。

響《ひびき》は、まぶしさに目《め》を細《ほそ》めてドアのほうを見《み》る。

すると、伊藤《いとう》が蛍光灯《けいこうとう》のスイッチを押《お》し、教室《きょうしつ》をのぞいていた。

「なにやってんだ？」

そう声《こえ》をかけられてドキッとし、響《ひびき》はシャーペンを落《お》としそうになる。

「あの……関矢先生《せきやせんせい》に残《のこ》されて。今日《きょう》じゅうにこのページやって、見《み》せにこいって」

「関矢先生《せきやせんせい》、帰《かえ》ったぞ？」

「えっ、うそ……」

「てきとうに切《き》りあげて、あとは家《いえ》でやれ」

そう言《い》われても、生真面目《きまじめ》な性格《せいかく》の響《ひびき》には、「てきとう」ということがなかなかできない。

「で……でも、はい、って言《い》っちゃったし。終《お》わるまでは帰《かえ》れないです」

「関矢先生《せきやせんせい》は帰《かえ》ったのに、か？」

（そのとおりなんだけど……）

言葉《ことば》がつかえた響《ひびき》を見《み》て、伊藤《いとう》はあきれた様子《ようす》で、ふうっとため息《いき》をつく。

そしてつかつかと教室《きょうしつ》に入《はい》ってくると、響《ひびき》の前《まえ》の席《せき》にすとんと座《すわ》った。

ほら、とうながすように、響《ひびき》に向《む》かって手《て》を差《さ》しだす。

「見《み》せてみろ」

響《ひびき》は、ためらいがちに教科書《きょうかしょ》を動《うご》かして伊藤《いとう》の手元《てもと》へ移動《いどう》させ、シャーペンをわたす。

「先生《せんせい》、数学《すうがく》わかるの？」

「おまえや千草《ちぐさ》よりはマシ」

「成績《せいせき》、知《し》ってるの？」

「世界史《せかいし》の成績《せいせき》から考《かんが》えりゃ、だいたいの予想《よそう》はつくだろ」

伊藤《いとう》は教科書《きょうかしょ》を見《み》ながら、ノートに解答《かいとう》を書《か》いていく。

「えっ、早《はや》い。すごい！」

おどろく響《ひびき》にむかい、伊藤《いとう》は「ここの出来《でき》がちがうんだよ」とでも言《い》いたげに、少《すこ》しおどけて自分《じぶん》の頭《あたま》をコツコツとたたいた。

不愛想《ぶあいそう》でぶっきらぼうないつもの伊藤《いとう》とはちがっていた。

こんなおもしろい一面《いちめん》があったのが、とても新鮮《しんせん》だったし、そういう一面《いちめん》を見《み》せてくれたのも、うれしかった。

なんだか急《きゅう》に楽《たの》しくなり、響《ひびき》は思《おも》わず笑《わら》う。

楽《たの》しいのに、でも、なぜだか苦《くる》しい。

胸《むね》がしめつけられるような感《かん》じがする。

すると——。

「なんで優《やさ》しくしてくれるんですか？」

響《ひびき》の口《くち》から、とつぜん質問《しつもん》が飛《と》びだした。

（あれ？　なんで私《わたし》、こんなこと言《い》ってるんだろう……）

伊藤《いとう》はノートに数式《すうしき》を書《か》きながら「ん？」とあいまいな返事《へんじ》をした。

わがままな質問《しつもん》をしていると、響《ひびき》は自分《じぶん》でわかっていた。けれど、思《おも》いがあふれて止《と》められないのだ。

「女《おんな》はめんどうくさくてキライだって。素直《すなお》で言《い》うことをよく聞《き》く生徒《せいと》だからですか？担任《たんにん》でもないんだし、優《やさ》しくしてくれなくていいです」

伊藤《いとう》が口《くち》をむすび、顔《かお》をふせる。

そこで、響《ひびき》ははっと我《われ》に返《かえ》った。

「あっ、ごめんなさい！　めんどうくさいこと言《い》っちゃった！　あの……えっと……」

響《ひびき》があわてているのを見《み》て、伊藤《いとう》は耐《た》えきれずに吹《ふ》きだした。顔《かお》をふせたのは、笑《わら》いをこらえていたからだった。

「ど、どうして笑《わら》うんですか!?」

「おまえのどこが、素直《すなお》なよい生徒《せいと》だ？」

伊藤《いとう》がさもおもしろそうに言《い》う。

「えっ……」

「勝手《かって》に下駄箱《げたばこ》はのぞくし、まちがえて人《ひと》の手紙《てがみ》を入《い》れるし、休《やす》みに人《ひと》が寝《ね》てるところに押《お》しかけるし」

「ううっ……」

「まあ、素直《すなお》ってことだけは合《あ》ってるかもな」

「え？」

「ほら、さっさと終《お》わらせるぞ」

「あ……」

響《ひびき》はしどろもどろ。顔《かお》はすっかり赤《あか》くなっていた。

伊藤《いとう》がシャーペンを差《さ》しだし、響《ひびき》は受《う》けとる。

「……ありがとうございます」

「問題《もんだい》、ここから」

伊藤《いとう》が教科書《きょうかしょ》の問題《もんだい》を指《ゆび》さし、響《ひびき》が「はい」と答《こた》える。

響《ひびき》はノートに数式《すうしき》を書《か》きながら、ちらりと伊藤《いとう》を見《み》た。

片手《かたて》で眼鏡《めがね》をぐいと押《お》しあげる仕草《しぐさ》。

問題《もんだい》を読《よ》みあげる声《こえ》。

なにもかもが、響《ひびき》の胸《むね》を苦《くる》しくさせる。

外《そと》は暗《くら》く、この教室《きょうしつ》だけ明《あか》るくて。

響《ひびき》は、まるで世界《せかい》に二人《ふたり》しかいないような気持《きも》ちになった。

結局《けっきょく》、完全下校時間《かんぜんげこうじかん》ギリギリまでかかり、やっと居残《いのこ》り勉強《べんきょう》は終《お》わらせることができた。

先日《せんじつ》の「不審者《ふしんしゃ》さわぎ」のこともあり、響《ひびき》は伊藤《いとう》の車《くるま》で家《いえ》まで送《おく》ってもらうことになった。

響《ひびき》はだまって助手席《じょしゅせき》に乗《の》りこんだものの、緊張《きんちょう》のあまりカチコチに固《かた》まっていた。

「あの……ありがとうございます」

「また勘《かん》ちがいでケガされても困《こま》るしな」

「すみません……」

カーラジオからは、野球《やきゅう》のナイター中継《ちゅうけい》が流《なが》れていた。ひいきのチームが負《ま》けていて、伊藤《いとう》は思《おも》わず「あ、くそっ」と素《す》になってしまう。

いつもとちがう伊藤《いとう》の姿《すがた》をまた目《め》にして、響《ひびき》はくすっと笑《わら》った。

赤信号《あかしんごう》で車《くるま》が停《と》まる。

ふいに、カーナビ代《が》わりにダッシュボードに立《た》てていた伊藤《いとう》のスマホが鳴《な》った。

伊藤《いとう》が横目《よこめ》で確認《かくにん》する。画面《がめん》に表《あらわ》れているのは、中島《なかじま》からのショートメッセージだ。

助手席《じょしゅせき》にいた響《ひびき》にも、その内容《ないよう》が見《み》えた。

『お話《はなし》があります。明日《あした》の放課後《ほうかご》、美術室《びじゅつしつ》まで来《き》て——』

響《ひびき》がそこまで読《よ》んだとき、伊藤《いとう》がスマホをさっと取《と》りあげた。そしてポケットにしまう。

青信号《あおしんごう》になり、車《くるま》が走《はし》りだす。

響《ひびき》の心《こころ》はざわついた。

なんとなく、見《み》てはいけないものを見《み》てしまったような気《き》がしたのだ。


つぎの日《ひ》の放課後《ほうかご》、響《ひびき》は人《ひと》けのない廊下《ろうか》を静《しず》かに歩《ある》き、美術室《びじゅつしつ》へ向《む》かった。

ドアを開《あ》けて、そっと中《なか》をのぞく。

すると、背後《はいご》からいきなり名前《なまえ》を呼《よ》ばれた。

「響《ひびき》？」

びくっとして振《ふ》りかえると、浩介《こうすけ》が立《た》っていた。

「浩介《こうすけ》!?　なんでここに？」

「なんでって、そりゃ……中島《なかじま》、いるかな～って」

そのとき、カツカツと階段《かいだん》をおりる足音《あしおと》が聞《き》こえてきた。

（まずい！）

とっさに響《ひびき》は、浩介《こうすけ》の腕《うで》をぐいっとひっぱり、美術室《びじゅつしつ》の中《なか》へ飛《と》びこんだ。

「お、おい！　響《ひびき》？」

面食《めんく》らっている浩介《こうすけ》をひきずり、画板《がばん》や絵《え》の具《ぐ》の置《お》いてある棚《たな》のうしろに隠《かく》れる。

「ちょ……ちょっと待《ま》てって」

しかし、浩介《こうすけ》も足音《あしおと》に気《き》づいて、はっと身《み》を隠《かく》す。

美術室《びじゅつしつ》へやってきたのは、中島《なかじま》だった。

そして、そのあとに伊藤《いとう》が入《はい》ってくる。

「すみません。こんなところに呼《よ》びだしてしまって」

中島《なかじま》がそう言《い》うと、伊藤《いとう》はぶっきらぼうに答《こた》えた。

「いえ。どうかしましたか？」

中島《なかじま》が目《め》をふせた。

響《ひびき》と浩介《こうすけ》は息《いき》を殺《ころ》し、画材《がざい》のすきまから二人《ふたり》の様子《ようす》をのぞく。

「……最近《さいきん》、関矢先生《せきやせんせい》からよくお誘《さそ》いを受《う》けるんです」

「関矢《せきや》？」

「そのたびに断《ことわ》るのも、申《もう》しわけなくて。先生《せんせい》から、関矢先生《せきやせんせい》に言《い》っていただけないですか？」

「え？」

思《おも》いがけない依頼《いらい》をされて、伊藤《いとう》がとまどう。

そんな伊藤《いとう》を、中島《なかじま》はまっすぐに見《み》つめた。

「私《わたし》、気《き》になる人《ひと》がいて。その人《ひと》に誤解《ごかい》されたくないんです」

伊藤《いとう》は淡々《たんたん》とした表情《ひょうじょう》で、返事《へんじ》をする。

「……俺《おれ》と関矢《せきや》のつきあいもありますし。さすがに、俺《おれ》が口《くち》をはさむことはできませんよ」

「本気《ほんき》でそれ、言《い》ってます？」

伊藤《いとう》はなにも答《こた》えない。

「気《き》づいてますよね、伊藤先生《いとうせんせい》。私《わたし》の気持《きも》ち」

それを聞《き》いておどろいたのは、棚《たな》のうしろに隠《かく》れていた響《ひびき》と浩介《こうすけ》だった。

二人《ふたり》はごくりと息《いき》をのみ、教師《きょうし》たちのやりとりにくぎづけになった。

中島《なかじま》は、冷静《れいせい》をよそおっているけれど、不安《ふあん》そうな様子《ようす》が隠《かく》せていない。

あまり感情《かんじょう》が表《おもて》に出《で》ない伊藤《いとう》は、なにを思《おも》っているのか、うかがい知《し》ることはできなかった。

「……すみません。正直今《しょうじきいま》は、仕事《しごと》のことで手一杯《ていっぱい》で」

その伊藤《いとう》の返事《へんじ》を聞《き》き、中島《なかじま》はきれいな顔《かお》をして笑《わら》った。

「やだな。これ、断《ことわ》られてます？」

「……そういうことに……なりますかね」

中島《なかじま》は、ほんの一瞬《いっしゅん》、悲《かな》しそうに伊藤《いとう》を見《み》つめたが、すぐに視線《しせん》をそらす。

「忘《わす》れてください。仕事《しごと》に支障《ししょう》が出《で》たらいやですし」

「もちろんです。それじゃ、失礼《しつれい》してもいいですか」

「ええ。おつかれさまです」

伊藤《いとう》は軽《かる》く頭《あたま》をさげ、中島《なかじま》を美術室《びじゅつしつ》に残《のこ》して去《さ》っていった。


一人《ひとり》になった中島《なかじま》が、うつむいた。

涙《なみだ》が頬《ほお》をつたって落《お》ちる。それに気《き》づいたのは、浩介《こうすけ》だけだ。

やがて中島《なかじま》は、涙《なみだ》をぐっとこらえて顔《かお》をあげ、美術室《びじゅつしつ》を出《で》ていった。

浩介《こうすけ》はたまらずに、棚《たな》のうしろから飛《と》びだす。中島《なかじま》を泣《な》かせた伊藤《いとう》が憎《にく》かった。

「伊藤《いとう》……あのやろう！」

走《はし》りだそうとする浩介《こうすけ》を、響《ひびき》は腕《うで》をひっぱって引《ひ》きとめる。

「だめ、浩介《こうすけ》！」

「離《はな》せって！　伊藤《いとう》、なぐってくる！」

「だめ、絶対《ぜったい》だめ！」

「なんでだよ!?　伊藤《いとう》が——」

浩介《こうすけ》の声《こえ》をかき消《け》すように、響《ひびき》は叫《さけ》んだ。

「なぐったら、なぐる！」

「え!?」

浩介《こうすけ》はおどろいて振《ふ》りかえった。

響《ひびき》は顔《かお》をまっ赤《か》にして、目《め》に涙《なみだ》をためていた。

「伊藤先生《いとうせんせい》をなぐったら、浩介《こうすけ》をなぐる!!」

涙声《なみだごえ》で言《い》いはる響《ひびき》を見《み》て、浩介《こうすけ》ははっと気《き》づいた。

「——響《ひびき》。もしかして、おまえ……伊藤《いとう》のこと好《す》き？」

浩介《こうすけ》の言葉《ことば》に、響《ひびき》はどきりとする。

(私《わたし》、伊藤先生《いとうせんせい》のことが——)

浩介《こうすけ》に知《し》られてしまうほど、響《ひびき》の気持《きも》ちは表《おもて》にあふれだしていたのだ。

3 好《す》きになってもいい？

その日《ひ》の弓道場《きゅうどうじょう》には、いつもとちがう緊張感《きんちょうかん》がただよっていた。

北高《きたこう》の弓道部《きゅうどうぶ》が来《き》ているのだ。

「整列《せいれつ》！」

北高《きたこう》の部長《ぶちょう》、藤岡勇輔《ふじおかゆうすけ》が号令《ごうれい》をかけると、北高《きたこう》の部員《ぶいん》たちがいっせいに姿勢《しせい》を正《ただ》す。

「北高《きたこう》の体育館工事《たいいくかんこうじ》にともない、弓道場《きゅうどうじょう》が使用《しよう》できなくなったため、南高《みなみこう》の道場《どうじょう》を使《つか》わせていただくことになりました――」

藤岡《ふじおか》のりりしい立《た》ち姿《すがた》を見《み》て、南高《みなみこう》の女子部員《じょしぶいん》たちがそわそわと目《め》くばせをする。

響《ひびき》だけは一人《ひとり》、上《うわ》の空《そら》で北高《きたこう》の挨拶《あいさつ》を眺《なが》めていた。

ふと気《き》づくと伊藤《いとう》のことを考《かんが》えてしまい、なにをやっても身《み》が入《はい》らないのだ。

「――しばらくのあいだ、ご迷惑《めいわく》をおかけしますが、よろしくお願《ねが》いします。礼《れい》！」

藤岡《ふじおか》につづき、北高《きたこう》の部員《ぶいん》たちが、「よろしくお願《ねが》いします！」と礼《れい》をする。

北高《きたこう》の部員《ぶいん》は、挨拶《あいさつ》だけでなく、弓《ゆみ》を引《ひ》く姿《すがた》も整《ととの》っていた。

「すごいね、北高《きたこう》。型《かた》がそろってる」

中《なか》でも藤岡《ふじおか》の弓構《ゆがま》えはとても美《うつく》しくて、南高女子部員《みなみこうじょしぶいん》の注目《ちゅうもく》が集《あつ》まる。

「あの部長《ぶちょう》の藤岡《ふじおか》って人《ひと》、一年《ねん》でインターハイ出《で》てた人《ひと》だよね？」

そんなこそこそ話《ばなし》も、響《ひびき》の耳《みみ》は素通《すどお》りするばかりだ。

休憩時間《きゅうけいじかん》に、浩介《こうすけ》は千草《ちぐさ》をわたり廊下《ろうか》に呼《よ》びだした。

響《ひびき》のことを話《はな》すと、千草《ちぐさ》が目《め》を丸《まる》くする。

「えっ？　響《ひびき》が伊藤先生《いとうせんせい》を好《す》き!?」

「しーっ！　声《こえ》でけぇよ」

千草《ちぐさ》があわてて声《こえ》のトーンを落《お》とす。

「でも、言《い》われてみれば納得《なっとく》……」

「あんなぶっきらぼうの、どこに惚《ほ》れたんだろうな」

「そういうの、ひとことじゃ言《い》えないもんでしょ？　浩介《こうすけ》だって、中島《なかじま》のどこが好《す》きか言《い》える？」

「顔《かお》」

とあっさり答《こた》えたので、千草《ちぐさ》はチッと舌打《したう》ちして浩介《こうすけ》のスネを蹴《け》った。

「いてっ！」

「男《おとこ》のクズだっ！　悪魔《あくま》だーっ!!」

「正直《しょうじき》でなにがわりぃんだよ」

二人《ふたり》が廊下《ろうか》のまんなかでやりあっていると、背後《はいご》で人《ひと》の気配《けはい》がした。

振《ふ》りかえると、藤岡《ふじおか》が凛《りん》とした姿《すがた》で立《た》っている。

「邪魔《じゃま》なんだけど」

藤岡《ふじおか》に言《い》われ、千草《ちぐさ》はさっと道《みち》をあけた。が、浩介《こうすけ》はムッとしてにらむ。

「邪魔《じゃま》ってよ。こっちの弓道場《きゅうどうじょう》に間借《まが》りしといて、そのセリフか？」

「だれが教師《きょうし》を好《す》きとか、どうでもいいけど。こういう場《ば》に持《も》ちこまないでくれるかな」

響《ひびき》の話《はなし》を、藤岡《ふじおか》に聞《き》かれてしまったらしい。

千草《ちぐさ》と浩介《こうすけ》は「まずい！」と顔《かお》を見合《みあ》わせた。

動揺《どうよう》している二人《ふたり》に対《たい》して、藤岡《ふじおか》はいたって落《お》ちついていた。自分《じぶん》の道具《どうぐ》を手《て》に取《と》ると、淡々《たんたん》と射場《いば》へもどっていく。

千草《ちぐさ》は、浩介《こうすけ》の腕《うで》をガシッとつかんで青《あお》ざめる。

「聞《き》かれた……。ど、どうしよ……」

あせった浩介《こうすけ》は、苦《くる》しまぎれに答《こた》えた。

「まあちがう学校《がっこう》だし、大丈夫《だいじょうぶ》だとは思《おも》うけど……。おまえ、正直《しょうじき》に響《ひびき》に言《い》って、あやまっとけよ」

「え？」

なんでそうなるのよ！　と千草《ちぐさ》は心《こころ》の中《なか》で叫《さけ》んだ。

そのころ射場《いば》では、ちょうど響《ひびき》が弓《ゆみ》を引《ひ》いているところだった。
放《はな》った矢《や》は、大《おお》きく的《まと》を外《はず》れてしまう。
響《ひびき》は、ふうっと大《おお》きなため息《いき》をもらした。
（ぜんぜん集中《しゅうちゅう》できてない……）
そんな響《ひびき》の横顔《よこがお》を、藤岡《ふじおか》は遠《とお》くから見《み》つめていた。

帰《かえ》り道《みち》。
千草《ちぐさ》と響《ひびき》は、川《かわ》にかかる大橋《おおはし》を、いつものようにわたる。
夕日《ゆうひ》が川面《かわも》をオレンジ色《いろ》に染《そ》めていた。
千草《ちぐさ》は、藤岡《ふじおか》に話《はなし》を聞《き》かれてしまったことをなかなか言《い》いだせずに、さっきからずっと話題《わだい》をそらしてしまっていた。

「北高真面目《きたこうまじめ》すぎ。練習《れんしゅう》、手《て》を抜《ぬ》けないっていうか」

やっぱり気《き》まずい。それでも意《い》を決《けっ》して、切《き》りだしてみる。

「あ……あのさ、響《ひびき》」

「ん？」

「えっと……伊藤先生《いとうせんせい》のこと……なんだけど」

「伊藤先生《いとうせんせい》が、どうかした？」

響《ひびき》がふと立《た》ちどまり、緊張《きんちょう》した面持《おもも》ちになった。

そんな顔《かお》を見《み》てしまうと、千草《ちぐさ》はますます言《い》いだせなくなる。

「そ、そう！　テスト前《まえ》と期間中《きかんちゅう》さ、伊藤《いとう》ってずっと学校《がっこう》に泊《と》まりこんでるんだって。勉《べん》強《きょう》、見《み》てくれるらしくて」

「へえ……」

「社会科準備室《しゃかいかじゅんびしつ》、もはや自宅《じたく》と化《か》してるもんねー。おまえらどうせ授業《じゅぎょう》なんてろくに聞《き》いてないだろ、って」

響《ひびき》はだまったまま、やんわりとほほえんでいる。

千草《ちぐさ》はあわてて話《はなし》をつづけた。

「……伊藤《いとう》ってさ、意外《いがい》に生徒思《せいとおも》いなとこ、あるよね」

「うん。意外《いがい》……」

橋《はし》の歩道《ほどう》を、小学生《しょうがくせい》たちが笑《わら》いながら走《はし》っていく。

響《ひびき》は子《こ》どもたちを目《め》で追《お》い、それから川《かわ》の下流《かりゅう》のほうを遠《とお》く眺《なが》めた。

「意外《いがい》……だったけど……」


響《ひびき》の頭《あたま》の中《なか》に、伊藤《いとう》の姿《すがた》が浮《う》かぶ。

居残《いのこ》りをした教室《きょうしつ》で、「見《み》せてみろ」と手《て》を差《さ》しだした姿《すがた》。

病院《びょういん》の待合室《まちあいしつ》で、いちごオレを手《て》わたしてくれた姿《すがた》。

世界史《せかいし》の授業中《じゅぎょうちゅう》、板書《ばんしょ》をする姿《すがた》。

『おまえが未来《みらい》に出会《であ》う災《わざわ》いは、おまえがおろそかにした過去《かこ》の報《むく》いだ』

伊藤《いとう》の声《こえ》が、響《ひびき》の耳《みみ》にありありとよみがえる。


響《ひびき》がうつろな顔《かお》をしているので、千草《ちぐさ》が声《こえ》をかけた。

「ん？　どしたの？」

「……ごめん」

「え？」

「ごめん、重要《じゅうよう》なことを思《おも》い出《だ》した！」

そう言《い》うなり、響《ひびき》は走《はし》りだした。

「え……えっ、響《ひびき》!?」

響《ひびき》は息《いき》をはずませて、社会科準備室《しゃかいかじゅんびしつ》へたどりつく。
そっとドアを開《あ》けた。
部屋《へや》の奥《おく》にある窓《まど》から、オレンジ色《いろ》の夕日《ゆうひ》が差《さ》しこんでいる。
けれど、窓辺《まどべ》の机《つくえ》には、伊藤《いとう》の姿《すがた》がなかった。
(先生《せんせい》、いないのかな……?)
ふと見《み》ると、伊藤《いとう》はソファで眠《ねむ》っていた。
「あ——」
静《しず》かに、ゆっくり伊藤《いとう》に近《ちか》づいて、顔《かお》がよく見《み》えるようにしゃがむ。
眼鏡《めがね》をはずしている伊藤《いとう》は、中庭《なかにわ》で居眠《いねむ》りしていたのを見《み》たとき以来《いらい》だ。
気配《けはい》を感《かん》じたのか、伊藤《いとう》が目《め》を覚《さ》ました。
「…………」
眉根《まゆね》を寄《よ》せて、響《ひびき》を見《み》つめる。
目《め》の悪《わる》い伊藤《いとう》は、目《め》の前《まえ》にいる人影《ひとかげ》がだれなのか、わかっていないようだった。

体《からだ》を起《お》こして眼鏡《めがね》をかけ、やっと人影《ひとかげ》が響《ひびき》なのだとわかる。

「……島田《しまだ》……」

響《ひびき》は、追《お》いつめられたような表情《ひょうじょう》で、伊藤《いとう》を見《み》あげた。

「先生《せんせい》！　……聞《き》きたいことがあるんです」

「ああ、テストの……」

伊藤《いとう》がふわぁ、とのびをする。

響《ひびき》は、思《おも》いきって言《い》った。


「好《す》きになっても、いい？」


真剣《しんけん》に、正直《しょうじき》に、自分《じぶん》の気持《きも》ちをぶつけた。

そして、答《こた》えが返《かえ》ってくるのを待《ま》った。

夕日《ゆうひ》が二人《ふたり》を照《て》らし、そこだけ時《とき》が止《と》まったようだった。

伊藤《いとう》と目《め》を合《あ》わせ、しばらく待《ま》ったけれど、返事《へんじ》はもどってこない。

やがて伊藤《いとう》は、響《ひびき》から視線《しせん》をそらした。

「俺《おれ》はやめとけ」

「……どうしてですか？」

「俺《おれ》が教師《きょうし》で、おまえが生徒《せいと》だからだ。以上《いじょう》」

「ただ、好《す》きでいるのもだめですか？」

「あのな……」

伊藤《いとう》が言《い》いきかせようとするが、響《ひびき》は引《ひ》かない。

授業《じゅぎょう》で聞《き》いたあのフレーズを、伊藤《いとう》に投《な》げかける。

「おまえが未来《みらい》に出会《であ》う災《わざわ》いは、おまえがおろそかにした過去《かこ》の報《むく》いだ」

それを聞《き》き、伊藤《いとう》は視線《しせん》を響《ひびき》にもどした。

「先生《せんせい》に、授業《じゅぎょう》で教《おし》えてもらったナポレオンの言葉《ことば》……。なんかちょっとこわいけど、でも、あれって、未来《みらい》のために今《いま》を真剣《しんけん》に生《い》きろってことですよね？」

響《ひびき》にまっすぐに見《み》つめられ、伊藤《いとう》はとっさに返《かえ》す言葉《ことば》が見《み》つからない。

「私《わたし》、未来《みらい》で後悔《こうかい》したくないんです！　だから……あの……えっと……」

（ここで話《はなし》が終《お》わっちゃうなんて、イヤ……）

響《ひびき》はぱっと顔《かお》をあげ、想《おも》いが伝《つた》わるようにと願《ねが》いながら言《い》った。

「世界史《せかいし》のテストで九十点以上《きゅうじゅってんいじょう》取《と》ったら、好《す》きになってもいいですか！」

必死《ひっし》にうったえる響《ひびき》に、伊藤《いとう》は思《おも》わず吹《ふ》きだす。

「おまえ、この間《あいだ》のテストが何点《なんてん》だったか覚《おぼ》えてるか？」

「……あっ……えっと……五十六点《ごじゅうろくてん》」

目標《もくひょう》の九十点以上《きゅうじゅってんいじょう》からはだいぶ遠《とお》いことに気《き》づいて、響《ひびき》は苦《にが》い顔《かお》をする。

「でも、私《わたし》、がんばります！」

響《ひびき》はサッと立《た》ちあがり、おじぎをすると、走《はし》って準備室《じゅんびしつ》を出《で》ていく。

残《のこ》された伊藤《いとう》は、ソファに座《すわ》って走《はし》りさる響《ひびき》のうしろ姿《すがた》を見送《みおく》る。

やがて、しみじみと頬《ほお》をゆるませた。

島田響《しまだひびき》は、いつも一生懸命《いっしょうけんめい》で、不器用《ぶきよう》で、目《め》が離《はな》せない。

真面目《まじめ》すぎるほど真面目《まじめ》で、関矢《せきや》がもう帰《かえ》ってしまったというのに、「終《お》わるまでは帰《かえ》れない」と、暗《くら》くなるまで数学《すうがく》の問題《もんだい》を解《と》いていた。

素直《すなお》なのに、とても頑固《がんこ》だ。いつも静《しず》かにだまってなにか考《かんが》えていて、そのくせ今日《きょう》のように、「好《す》きになってもいいか」と体当《たいあ》たりしてくる。

こんなに伊藤《いとう》の中《なか》に入《はい》りこんでくる生徒《せいと》は、今《いま》までいなかった――。


「なにそれ！　告白《こくはく》みたいなもんじゃん！」

つぎの日《ひ》の放課後《ほうかご》、準備室《じゅんびしつ》での出来事《できごと》を聞《き》かされた千草《ちぐさ》は、盛大《せいだい》におどろいて頭《あたま》をかかえた。

「まって！　急展開《きゅうてんかい》すぎて頭《あたま》がついてかない。……で、どうなったの？」

響《ひびき》を階段《かいだん》の踊《おど》り場《ば》に連《つ》れていき、肩《かた》をおさえて座《すわ》らせる。

浩介《こうすけ》もあとからついてきた。

「だめって言《い》われた」

千草《ちぐさ》はショックのあまり、あんぐりと口《くち》を開《あ》けた。浩介《こうすけ》は、まあ仕方《しかた》ないよな、という顔《かお》になる。

「でもね、笑《わら》ってくれて。よくわからないんだけどね、わかんないんだけど――」

響《ひびき》は、落《お》ちこんでいるわけでもなく、むしろすがすがしい気持《きも》ちだった。

「――私《わたし》、なんだか気持《きも》ちいいの」

胸《むね》の中《なか》にあった気持《きも》ちを、ちゃんと先生《せんせい》に伝《つた》えることができて満足《まんぞく》だった。

それに、絶対《ぜったい》に世界史《せかいし》のテストで九十点《きゅうじゅってん》以上《いじょう》を取《と》ろうと、心《こころ》に決《き》めた。

こんなにやる気《き》になったのは、初《はじ》めてだった。昨日《きのう》は家《いえ》へ帰《かえ》ってからさっそくテスト勉《べん》強《きょう》をしたし、ふだんはぼうっと過《す》ごしている休《やす》み時間《じかん》も、今日《きょう》は教科書《きょうかしょ》を開《ひら》いた。

響《ひびき》は、思《おも》いこんだらとことん突《つ》きすすむタイプだ。

「でもさー、フラれたってことでしょー？　それってもうダメってことなんだよ？　わかってる？」

千草《ちぐさ》に「うん」と答《こた》えると、響《ひびき》は立《た》ちあがり、手《て》に持《も》っていた世界史用語集《せかいしようごしゅう》を開《ひら》く。それを読《よ》みながら階段《かいだん》をおりていく響《ひびき》を、千草《ちぐさ》はあわてて追《お》う。

「もうっ、ぜんぜんわかってないっ！」

用語集《ようごしゅう》に夢中《むちゅう》になっていた響《ひびき》は、踊《おど》り場《ば》の下《した》から伊藤《いとう》があがってくることに気《き》づかなかった。

千草《ちぐさ》が「響《ひびき》、あぶない！」と叫《さけ》んだけれど間《ま》にあわず、響《ひびき》は伊藤《いとう》にぶつかっていった。

「きゃっ！」

正面衝突《しょうめんしょうとつ》した二人《ふたり》は、階段《かいだん》の下《した》にドスンと倒《たお》れこむ。

「いってー」

響《ひびき》は顔《かお》をあげた。すぐ目《め》の前《まえ》に伊藤《いとう》がいてびっくりする。

伊藤《いとう》の眼鏡《めがね》はなくなっていた。ぶつかった衝撃《しょうげき》で、どこかへ落《お》ちたのだろう。

「……眼鏡《めがね》……」

と、伊藤《いとう》が手《て》を伸《の》ばして床《ゆか》をさがす。

響《ひびき》がはっと気《き》づき、お尻《しり》をあげると、そこにはレンズの壊《こわ》れた眼鏡《めがね》があった。

「あっちゃ〜……」


「あ、ここ、段《だん》があります」

眼鏡《めがね》が壊《こわ》れ、車《くるま》の運転《うんてん》ができなくなった伊藤《いとう》を、響《ひびき》は職員寮《しょくいんりょう》まで送《おく》ることにした。

そうでもしないことには、申《もう》し訳《わけ》なくて気《き》がおさまらない。

腕《うで》をひっぱって歩《ある》くわけにもいかないので、伊藤《いとう》の手《て》は自分《じぶん》の肩《かた》にかけてもらう。

その状態《じょうたい》で、帰《かえ》りの道《みち》をガイドして歩《ある》いた。

「目《め》、そんなに悪《わる》いんですね」

「え？　ああ」

と言《い》ったそばから、伊藤《いとう》は石段《いしだん》で転《ころ》びそうになる。

(先生《せんせい》、かわいいな。大《おお》きな子《こ》どもみたい)

こうしていっしょにいられることが、響《ひびき》はただただうれしかった。

路面電車《ろめんでんしゃ》の停留所《ていりゅうじょ》へたどりつくと、伊藤《いとう》は響《ひびき》の肩《かた》から手《て》を離《はな》した。

「ここまででいい。あとはなんとか――」

響《ひびき》は大真面目《おおまじめ》に答《こた》える。

「いえ、送《おく》らせてください！　先生《せんせい》は、私《わたし》がちゃんと守《まも》りますから！」

「守《まも》るって、おまえ……」

伊藤《いとう》のために、なにかしたい。

響《ひびき》の胸《むね》にあったのは、ただそれだけだった。

「あ、来《き》ました！」

路面電車《ろめんでんしゃ》が見《み》えてきて、響《ひびき》は大《おお》きく手《て》を振《ふ》る。

「おーい、おーい！　こっちです！　おーい」

とにかく、なにかをしてあげたくて、しかたがなかったのだ。

電車《でんしゃ》に乗《の》ると、ちょうど帰宅《きたく》ラッシュの時間帯《じかんたい》で、車内《しゃない》はとても混《こ》んでいた。

（……先生《せんせい》とすごく近《ちか》いんだけど……）

響《ひびき》は緊張《きんちょう》のあまり、ドア付近《ふきん》に立《た》ちすくんで身《み》を縮《ちぢ》めた。

『まもなく発車《はっしゃ》します。ドア付近《ふきん》のお客《きゃく》さまは、あぶないですからドアから離《はな》れてお待《ま》ちください』

アナウンスが流《なが》れているが、緊張《きんちょう》している響《ひびき》の耳《みみ》には届《とど》かなかった。

するととつぜん、伊藤《いとう》が響《ひびき》の腕《うで》を引《ひ》っぱる。

「おまえだろ」

ドアの近《ちか》くにいた響《ひびき》の体《からだ》が、伊藤《いとう》のほうへ引《ひ》きよせられる。

響《ひびき》の顔《かお》は、ちょうど伊藤《いとう》の胸《むね》のあたり。

触《ふ》れそうな距離《きょり》に、響《ひびき》は顔《かお》をまっ赤《か》にしてうつむいた。

職員寮《しょくいんりょう》へ着《つ》くころには、日《ひ》はすっかり落《お》ちていた。

伊藤《いとう》が響《ひびき》の肩《かた》から手《て》をおろす。

「さすがにもう大丈夫《だいじょうぶ》だ」

「はい。……本当《ほんとう》にすみませんでした」

響《ひびき》は申《もう》し訳《わけ》なさそうに、深々《ふかぶか》と頭《あたま》をさげた。

「あの、眼鏡《めがね》の弁償《べんしょう》とかは……」

「あ、いや。スペアがあるから」

不安《ふあん》げに小《ちい》さくうなずく響《ひびき》を見《み》て、伊藤《いとう》はほんの少《すこ》し笑《わら》った。

「守《まも》ってくれて、どうも」

ぱっと響《ひびき》の顔《かお》が明《あか》るくなる。

「どういたしまして！　じゃあ、失礼《しつれい》します」

「気《き》をつけろよ」

「はい」

はずむ声《こえ》で返事《へんじ》をし、響《ひびき》は歩《ある》きだした。

しばらくすすんで立《た》ちどまり、振《ふ》りかえる。

伊藤《いとう》は職員寮《しょくいんりょう》へ向《む》かって歩《ある》いていた。そのうしろ姿《すがた》を見《み》つめていると、せつなさがこみあげてくる。

もっといっしょに話《はな》したい。もっといっしょにいたい。

そう思《おも》うと、もどかしくなり、名前《なまえ》を呼《よ》んだ。

「伊藤先生《いとうせんせい》！」

伊藤《いとう》が足《あし》を止《と》め、振《ふ》りむいた。

「さようなら！」

響《ひびき》がにっこり笑《わら》ってさけぶと、伊藤《いとう》もほほえんで手《て》をあげる。

たったこれだけでも幸《しあわ》せな気持《きも》ちになれる――。

響《ひびき》は小《ちい》さく一《ひと》つ深呼吸《しんこきゅう》をし、停留所《ていりゅうじょ》へと歩《ある》きだした。

伊藤《いとう》が職員寮《しょくいんりょう》の階段《かいだん》をあがっていくと、うしろから声《こえ》をかけられた。

「今《いま》の、C組《シーぐみ》の島田《しまだ》さんですか？」

そこにいたのは、ちょうど帰宅《きたく》してきたばかりの中島《なかじま》だった。

「ああ……ええ」

「たしか、このあいだも来《き》てましたね」

含《ふく》みのある言《い》い方《かた》をして、中島《なかじま》は職員寮《しょくいんりょう》の階段《かいだん》をあがる。

「めずらしい。伊藤先生《いとうせんせい》も特定《とくてい》の生徒《せいと》と親《した》しくすること、あるんですね」

「ちがいますよ。今日《きょう》はたまたまです」

「へえ……」

伊藤《いとう》は中島《なかじま》から目《め》をそらして答《こた》える。

「大丈夫《だいじょうぶ》ですよ。あいつ、根《ね》はクソ真面目《まじめ》なんで」

「なにが大丈夫《だいじょうぶ》なんですか？」

中島《なかじま》が、伊藤《いとう》を見《み》つめて口元《くちもと》だけで笑《わら》う。

「いいわけする伊藤先生《いとうせんせい》も、めずらしい」

そう言《い》い残《のこ》すと、中島《なかじま》は自分《じぶん》の部屋《へや》へ入《はい》っていく。

バタンと音《おと》をたててドアが閉《し》まった。

伊藤《いとう》はなんとも言《い》えない気持《きも》ちで、その場《ば》に立《た》ちつくした。


響《ひびき》のテスト勉強《べんきょう》は順調《じゅんちょう》だった。

(絶対《ぜったい》に九十点《きゅうじゅってん》以上《いじょう》、取《と》るんだ)

部屋《へや》のカレンダーに『中間《ちゅうかん》テストまであと三日《みっか》!!』と書《か》いた付箋《ふせん》を貼《は》る。

机《つくえ》の上《うえ》のペン立《た》ては、伊藤《いとう》からもらったいちごオレの空《あ》きパックでつくったものだ。どうしても捨《す》てられず、きれいに洗《あら》ってペン立《た》てにして使《つか》っていた。

中間《ちゅうかん》テストの当日《とうじつ》。

真剣《しんけん》な面持《おもも》ちで世界史《せかいし》のテスト用紙《ようし》を開《ひら》いた響《ひびき》は、問題《もんだい》を見《み》ておどろいた。

（あ、これわかる。こっちの問題《もんだい》も……）

がんばったおかげで、テストは今《いま》までにない手《て》ごたえがあった。


テスト期間《きかん》が終《お》わると、通常授業《つうじょうじゅぎょう》がはじまる。

美術《びじゅつ》の時間《じかん》は、テスト前《まえ》に引《ひ》きつづき、胸像《きょうぞう》を囲《かこ》んでのデッサン。

響《ひびき》も浩介《こうすけ》も、心《こころ》のどこかで、あの日《ひ》の美術室《びじゅつしつ》での出来事《できごと》を思《おも》い出《だ》していた。

「はい、今日《きょう》はここまで。つづきは来週《らいしゅう》にするから、クロッキー帳《ちょう》を忘《わす》れずにね」

中島《なかじま》が立《た》ちあがり、生徒《せいと》たちはばらばらと美術室《びじゅつしつ》を出《で》ていく。

響《ひびき》がクロッキー帳《ちょう》を閉《と》じていると、ふいに中島《なかじま》に呼《よ》びとめられた。

「島田《しまだ》さん。胸像《きょうぞう》を片《かた》づけるの、ちょっと手伝《てつだ》ってくれる？」

「……あ、はい」

少《すこ》しとまどいながら答《こた》える。

その様子《ようす》を、浩介《こうすけ》はちらりと横目《よこめ》で見《み》て、美術室《びじゅつしつ》をあとにした。

生徒《せいと》たちがいなくなった美術室《びじゅつしつ》で、中島《なかじま》と響《ひびき》は胸像《きょうぞう》を運《はこ》ぶ。

「窓際《まどぎわ》の奥《おく》につけちゃって」

「はい……」

言《い》われた場所《ばしょ》に胸像《きょうぞう》を置《お》くと、ふいに窓《まど》の外《そと》から「伊藤先生《いとうせんせい》！」という声《こえ》が聞《き》こえてきた。

響《ひびき》は敏感《びんかん》に反応《はんのう》し、声《こえ》のしたほうへ顔《かお》を向《む》ける。

窓《まど》の外《そと》で、男子生徒《だんしせいと》と伊藤《いとう》が話《はなし》をしていた。

「テスト終《お》わったしさ、パワプロ勝負《しょうぶ》しようよ！」

「いいけど、おまえらもうちょっとレベルあげてから来《こ》いよ」

「やった！　絶対《ぜったい》な」

伊藤《いとう》は、不愛想《ぶあいそう》だけれど決《けっ》して冷《つめ》たいわけではなかった。生徒《せいと》のことを大切《たいせつ》にし、気《き》さくに話《はなし》をする。

男子生徒《だんしせいと》と伊藤《いとう》の声《こえ》は、中島《なかじま》にも届《とど》いていた。

中島《なかじま》がぽつりと口《くち》にする。

「伊藤先生《いとうせんせい》って……話《はな》してみると、優《やさ》しいところがあるのよね」

響《ひびき》はドキッとして振《ふ》りかえった。

「本当《ほんとう》はだれに対《たい》してもそうなのに、いつもはぶっきらぼうだから。つい、その優《やさ》しさが自分《じぶん》だけに向《む》けられたものだと勘《かん》ちがいしちゃうのかもね。とくに――」

中島《なかじま》が、響《ひびき》にまっすぐ顔《かお》を向《む》ける。

「――あなたぐらいの年《とし》ごろだと」

（どうしてそんなこと言《い》うの？）

響《ひびき》はうろたえて、しどろもどろになる。

「……中島先生《なかじませんせい》……あの、私《わたし》は――」

中島《なかじま》は響《ひびき》の言葉《ことば》をさえぎり、にっこり笑《わら》った。大人《おとな》の女性《じょせい》のほほえみ方《かた》だ。

「手伝《てつだ》ってくれてありがとう」

響《ひびき》はぐっと奥歯《おくば》をかみ、「失礼《しつれい》します！」と美術室《びじゅつしつ》から走《はし》りさる。

その直後《ちょくご》、別《べつ》のドアから浩介《こうすけ》が入《はい》ってきた。さっきの会話《かいわ》を聞《き》いてしまったのだ。

「響《ひびき》、いじめないでやってくださいよ。伊藤《いとう》にフラれたからって」

中島《なかじま》はその言葉《ことば》に、内心《ないしん》カチンときたけれど、なんでもない顔《かお》をして答《こた》えた。

「それとこれとは別《べつ》。島田《しまだ》さんのことは、教師《きょうし》として忠告《ちゅうこく》しただけ」

「へえ」

「それに、伊藤先生《いとうせんせい》のことは、ちょっといいなと思《おも》っただけよ。引《ひ》きずるほどじゃない」

作業台《さぎょうだい》の上《うえ》に座《すわ》った浩介《こうすけ》は、きっぱりと言《い》った。

「うそだ」

中島《なかじま》はなにも言《い》いかえさない。

「泣《な》いてたじゃねーかよ」

おどろいて、浩介《こうすけ》を見《み》つめる。

動揺《どうよう》する心《こころ》を隠《かく》して、中島《なかじま》は答《こた》える。

「なにが言《い》いたいの？」

浩介《こうすけ》は作業台《さぎょうだい》から立《た》ちあがり、中島《なかじま》を真正面《ましょうめん》からじっと見《み》すえた。

「中島先生《なかじませんせい》が好《す》きです。俺《おれ》、本気《ほんき》で」

「……悪《わる》いけど、高校生《こうこうせい》の本気《ほんき》なんて、本気《ほんき》のうちに入《はい》らないって、わかってるから」

中島《なかじま》はそう言《い》うと、早足《はやあし》で美術室《びじゅつしつ》をあとにした。

また拒《こば》まれてしまった。こんなに真剣《しんけん》に伝《つた》えているのに――。

浩介《こうすけ》は、くやしげに「くそっ……」とつぶやいた。


（伊藤先生《いとうせんせい》は、私《わたし》にだけ優《やさ》しいわけじゃない……）

もやもやした思《おも》いを抱《いだ》いて廊下《ろうか》を歩《ある》いていた響《ひびき》は、ふと中庭《なかにわ》に目《め》をやった。

木陰《こかげ》のベンチで本《ほん》を読《よ》む、伊藤《いとう》のうしろ姿《すがた》が見《み》えた。

(先生《せんせい》!)

響《ひびき》は中庭《なかにわ》へ走《はし》りでて、ゆっくりと伊藤《いとう》に近《ちか》づいていった。

そっと伊藤《いとう》のうしろに立《た》つ。

そして、伊藤《いとう》の顔《かお》を包《つつ》むように両手《りょうて》をまわし、目隠《めかく》しをする。

「先生《せんせい》」

伊藤《いとう》はしばらくじっとしていた。しかし、響《ひびき》の手《て》をつかみ、目隠《めかく》しをはずす。

振《ふ》りかえった伊藤《いとう》は、こわばった表情《ひょうじょう》をしていた。

「……島田《しまだ》。もうあんまり俺《おれ》のまわりをうろちょろするのはやめろ」

「…………!」

思《おも》わぬ言葉《ことば》が返《かえ》ってきて、響《ひびき》の心臓《しんぞう》は壊《こわ》れそうになった。

泣《な》くのをこらえ、声《こえ》をふりしぼる。

「まだテストの点数《てんすう》、出《で》てません」

すると、伊藤《いとう》がぼそぼそとつぶやいた。

「――おまえが未来《みらい》に出会《であ》う災《わざわ》いは、おまえがおろそかにした過去《かこ》の報《むく》いだ」

「え……？」

「高校生《こうこうせい》なんだから、もっといろんな経験《けいけん》しろ。俺《おれ》なんかにかまって、大事《だいじ》な高校生活《こうこうせいかつ》をむだにするな」

「私《わたし》は、むだなんて思《おも》ってません」

「……おまえの気持《きも》ちには応《こた》えられない」

それでもいいと、響《ひびき》は思《おも》っていた。

それでもいいから、好《す》きという気持《きも》ちを伝《つた》えたかったのだ。

「あの……だから、振《ふ》りむいてもらえなくても、私《わたし》――」

「キツイんだよ」

響《ひびき》がビクッと身《み》をすくめ、目《め》を見開《みひら》く。

振《ふ》りむいてもらえなくてもいいと思《おも》っていたのに、こんなにはっきり拒絶《きょぜつ》されると、とたんに体《からだ》が震《ふる》えだしてしまう。

「そうやって、おまえにガンガン気持《きも》ちをぶつけられるのが」

「……迷惑《めいわく》ですか？」

消《き》えそうな声《こえ》でそう聞《き》くと、伊藤《いとう》は言《い》った。

「ああ、そうだな。迷惑《めいわく》だ」

もうこれ以上《いじょう》は耐《た》えられなかった。

響《ひびき》は苦《くる》しさに顔《かお》をゆがめ、伊藤《いとう》に背《せ》を向《む》けて走《はし》りさる。


けれど、苦《くる》しいのは伊藤《いとう》も同《おな》じだった。

これ以上《いじょう》、距離《きょり》をちぢめれば、響《ひびき》も自分《じぶん》も傷《きず》つくことになる。

そうなってしまう前《まえ》に、伊藤《いとう》は響《ひびき》を遠《とお》ざけようとしたのだ。

4 屋上《おくじょう》の誓《ちか》い

夜《よる》、千草家《ちぐさけ》の玄関《げんかん》チャイムが鳴《な》った。

「はいはい、はーい」

千草《ちぐさ》がドアを開《あ》けると、そこに立《た》っていたのは、涙《なみだ》で顔《かお》をぐちゃぐちゃにした響《ひびき》。

「えっ、響《ひびき》!?」

「う……ああああ……ん」

いきなりガバッと響《ひびき》が抱《だ》きついてきて、千草《ちぐさ》はめんくらった。

わけがわからないけれど、千草《ちぐさ》は響《ひびき》を抱《だ》きしめ、よしよしと背中《せなか》をさすった。

その夜《よる》、響《ひびき》は千草《ちぐさ》の家《いえ》に泊《と》まり、昼間《ひるま》の出来事《できごと》を話《はな》した。

千草《ちぐさ》はそれを、自分《じぶん》のことのように心《こころ》を痛《いた》めながら聞《き》いたのだった。

次《つぎ》の日《ひ》は、二人《ふたり》でいっしょに登校《とうこう》した。

下駄箱《げたばこ》の前《まえ》で浩介《こうすけ》に会《あ》い、千草《ちぐさ》はいつものように元気《げんき》に声《こえ》をかける。

「浩介《こうすけ》、おはよーっ！」

「あ、はよ……。あれ？　なんだ、その顔《かお》」

響《ひびき》を見《み》た浩介《こうすけ》がそう言《い》い、響《ひびき》はとっさに顔《かお》を隠《かく》した。

響《ひびき》は化粧《けしょう》をしていたのだ。

頬《ほお》にほんのりチークを入《い》れ、目元《めもと》もいつもよりパッチリしている。泣《な》いて目《め》が腫《は》れたのも、寝不足《ねぶそく》で顔色《かおいろ》が悪《わる》いのも、化粧《けしょう》で上手《じょうず》にごまかしていた。

「響《ひびき》、ゆうべうちに泊《と》まったんだ。私《わたし》がメイクしてあげたの。かわいーでしょ？」

「すっげぇ変《へん》。らしくない」

浩介《こうすけ》は靴《くつ》を履《は》きかえて、さっさと行《い》ってしまう。

「えーっ。見慣《みな》れてないだけでしょ？」

千草《ちぐさ》が浩介《こうすけ》を追《お》いかけていき、響《ひびき》もそのうしろについて、おどおどと教室《きょうしつ》へ向《む》かう。

席《せき》についたあとも、なんとなく居心地《いごこち》が悪《わる》かった。慣《な》れない化粧《けしょう》が気《き》になって、なんども唇《くちびる》を触《さわ》ってしまう。

すると、クラスでも派手《はで》なグループの女子《じょし》が三人《にん》、近《ちか》づいてきた。

「あれ？　島田《しまだ》さん、なんか今日《きょう》いいかんじだね」

響《ひびき》はびっくりし、あわてて首《くび》を横《よこ》に振《ふ》る。

一人《ひとり》の女子《じょし》が、響《ひびき》と千草《ちぐさ》を交互《こうご》に見《み》る。

「ね。今日《きょう》、どっちかヒマじゃない？　中高《なかこう》と合《ごう》コンあんだけどさぁ、女子一人《じょしひとり》、足《た》りなくって」

「あ〜……ごめん！　ウチら部活《ぶかつ》あるし」

千草《ちぐさ》がおがむように両手《りょうて》を合《あ》わせ、ヘラッと笑《わら》って断《ことわ》った。

「それに響《ひびき》は、合《ごう》コンとかそういうの——」

すると、いきなり響《ひびき》が割《わ》りこんできた。

「私《わたし》、行《い》ってみよう……かな」

「……え？」

思《おも》いもよらないリアクションに、千草《ちぐさ》はおどろく。

喜《よろこ》んだのは、誘《さそ》った女子《じょし》たちだ。「あ、ほんと!?」「よかったねー」と顔《かお》を見合《みあ》わせては
しゃぎだした。

響《ひびき》はあいまいな笑《わら》いを浮《う》かべ、彼女《かのじょ》たちを見《み》あげている。

千草《ちぐさ》には、そんな響《ひびき》が痛々《いたいた》しくて、とても見《み》ていられなかった。

だから、文句《もんく》を言《い》いに行《い》ったのだ。

伊藤《いとう》のところへ。


「おい、千草《ちぐさ》！　やめとけって！」

浩介《こうすけ》は、千草《ちぐさ》を止《と》めようとしたが、怒《おこ》った千草《ちぐさ》は言《い》うことをきかない。

社会科準備室《しゃかいかじゅんびしつ》へ乗《の》りこみ、伊藤《いとう》を見《み》つけるや、ビシッと指《ゆび》をさした。

「いた！　極悪非道教師《ごくあくひどうきょうし》！」

突然《とつぜん》の出来事《できごと》に、伊藤《いとう》はおどろいて手《て》を止《と》める。千草《ちぐさ》はかまわず、ずかずか近《ちか》づいていった。

「フるにしたってさ、もう少《すこ》し言《い》いかたがあるじゃん！」

「おまえ、いきなりそれは」

と、浩介《こうすけ》が横《よこ》やりを入《い》れる。

「響《ひびき》、たいへんだったんだから。うちに泣《な》きながら来《き》て、朝《あさ》まで泣《な》いて泣《な》いて……目《め》なんてぼこって腫《は》れちゃって」

「ああ、だから化粧《けしょう》か」

と、また浩介《こうすけ》が横《よこ》やりを入《い》れる。

「おまけに合《ごう》コン行《い》くとか言《い》いだすし！」

伊藤《いとう》は仏頂面《ぶっちょうづら》のまま、凝《こ》った首《くび》をぐいと倒《たお》して伸《の》ばす。

「伊藤《いとう》のことをあきらめようと、必死《ひっし》なんだよ！　響《ひびき》、このままだと、どんどんへんな方《ほう》向《こう》へ行《い》っちゃう！」

「……俺《おれ》には関係《かんけい》ない」

伊藤《いとう》がぼそりとつぶやく。

千草《ちぐさ》が「ひっど！」とつかみかかろうとするのを、浩介《こうすけ》は押《お》さえて、伊藤《いとう》に言《い》った。

「ふだん真面目《まじめ》なやつほど、こういうとき反動《はんどう》がでかいから……危《あぶ》ねーかもよ？」

答《こた》えない伊藤《いとう》にいらだち、浩介《こうすけ》はつづける。

「つきあわなくたっていい。うそでもいいから、ちょっとは優《やさ》しい言葉《ことば》、かけてやってくれれば、響《ひびき》だって……」

伊藤《いとう》が椅子《いす》にもたれかかる。椅子《いす》がギシッと鳴《な》る。

「うそでもいい……か」

そうつぶやいた伊藤《いとう》の横顔《よこがお》を、浩介《こうすけ》は「えっ？」と見《み》つめた。

浩介《こうすけ》は気《き》づいてしまった。

伊藤《いとう》は、うそでごまかそうとは思《おも》っていない。

もしかしたら伊藤《いとう》は——。

伊藤《いとう》は、浩介《こうすけ》たちから視線《しせん》をそらし、机《つくえ》の上《うえ》の答案《とうあん》をチェックしはじめた。

「……話《はなし》がすんだら帰《かえ》ってくれ。テストの採点《さいてん》の途中《とちゅう》なんだよ」

「伊藤《いとう》、おまえ——」

言《い》いかけたとき、千草《ちぐさ》が「最低《さいてい》っ！　もう行《い》こ、浩介《こうすけ》！」と浩介《こうすけ》を引《ひ》っぱった。千草《ちぐさ》に引《ひ》きずられながら、浩介《こうすけ》は伊藤《いとう》へ言《い》いのこす。

「あいつ、駅前《えきまえ》のカラオケに行《い》くって。少《すこ》しはフォローしてやれよ」

さわがしい二人《ふたり》が出《で》ていくと、準備室《じゅんびしつ》はいつもの静《しず》けさをとりもどす。

伊藤《いとう》はふたたび採点《さいてん》をはじめた。

手《て》にしてた答案《とうあん》を表《おもて》に返《かえ》すと、響《ひびき》のものだ。

九十七点《きゅうじゅうななてん》。

響《ひびき》の生真面目《きまじめ》でまっすぐなたたずまいが、伊藤《いとう》の胸《むね》によみがえった。

——私《わたし》、未来《みらい》で後悔《こうかい》したくないんです！

そううったえた真剣《しんけん》な表情《ひょうじょう》。

——世界史《せかいし》のテストで九十点《きゅうじゅってん》以上《いじょう》取《と》ったら、好《す》きになってもいいですか！

思《おも》いつめたように言《い》った、あの声《こえ》。

答案用紙《とうあんようし》の点数《てんすう》は、九十七点《きゅうじゅうななてん》。

響《ひびき》が目標《もくひょう》にしていた点数《てんすう》を、しっかりと超《こ》えていた。

響《ひびき》にとって、これが初《はじ》めての合《ごう》コン。

みんなについてカラオケへ来《き》てみたものの、響《ひびき》はぜんぜん楽《たの》しくなかった。

クラスの女子《じょし》三人《にん》と中高《なかこう》の男子《だんし》四人《にん》は、次《つぎ》から次《つぎ》へと歌《うた》を入《い》れて盛《も》りあがっている。

けれど響《ひびき》は、テーブルの上《うえ》のジュースやフライドポテトにも手《て》をつけず、じっと座《すわ》ってうつむいていた。

「響《ひびき》ちゃん、楽《たの》しんでる？」

チャラそうな男子《だんし》が一人《ひとり》、響《ひびき》のとなりに座《すわ》って顔《かお》をのぞきこむ。

「……うん」

とまどいながら答《こた》えると、男子《だんし》はぐっと近《ちか》くに寄《よ》ってきた。

「俺《おれ》、ショートヘアの子《こ》って好《す》きなんだよね」

そう言《い》って、響《ひびき》の髪《かみ》になれなれしく指《ゆび》で触《ふ》れる。

響《ひびき》はぞっとし、思《おも》わず立《た》ちあがった。

「あ、あの！　私《わたし》……やっぱり帰《かえ》ります！」

全員《ぜんいん》がいっせいに響《ひびき》を見《み》る。いっきに雰囲気《ふんいき》が悪《わる》くなってしまった。

クラスメイトの女子《じょし》がいらついて、文句《もんく》を言《い》いはじめる。

「はぁ？　なにそれ？」

「ちょっと島田《しまだ》さん、さすがにそれ、なくない？」

響《ひびき》は頭《あたま》をさげた。

「……ごめん！」

そして、走《はし》って部屋《へや》を出《で》る。

響《ひびき》のうしろで、クラスメイトが「ちょっと待《ま》って！」と呼《よ》んでいる。

中高《なかこう》の男子《だんし》が言《い》いあっている声《こえ》も聞《き》こえてくる。

「おいおいおいおい、おまえ、なにしたんだよ？」

「いやいや、俺《おれ》なんもしてねーよ！」

もう聞《き》きたくなかった。

響《ひびき》は、外《そと》へ駆《か》けだした。


外《そと》は雨《あめ》が降《ふ》っていた。

傘《かさ》を持《も》っていない響《ひびき》はずぶぬれになり、かばんを胸《むね》にかかえ、駅前《えきまえ》の繁華街《はんかがい》を歩《ある》いた。

とそこへ、二人《ふたり》の酔《よ》ったサラリーマンが通《とお》りかかる。居酒屋《いざかや》から出《で》てきたばかりの二人《ふたり》は、響《ひびき》を見《み》てちょっかいを出《だ》しはじめた。

「じょしこーせー、風邪《かぜ》ひくぞー」

「夜遊《よあそ》びしてると、先生《せんせい》にしかられちゃうよー？」

響《ひびき》は立《た》ちどまり、二人《ふたり》をにらんだ。

「しかられたいよ！」

そう叫《さけ》ぶと、サラリーマンたちはぎくりとして顔《かお》を見合《みあ》わせた。

「先生《せんせい》の怒《おこ》ったとことか、笑《わら》ったとことか……もっと見《み》たい！」

様子《ようす》のおかしい響《ひびき》に、サラリーマンたちはびっくりしている。

「おいおい、大丈夫《だいじょうぶ》よ？　この子《こ》……」


ちょうどそのころ、浩介《こうすけ》の話《はなし》を聞《き》き心配《しんぱい》になった伊藤《いとう》は、響《ひびき》を探《さが》して駅前《えきまえ》を歩《ある》いていた。

ふいに、酔《よ》っぱらったサラリーマンの声《こえ》が耳《みみ》に入《はい》る。

「先生《せんせい》が好《す》きなのか？　いけない子《こ》だねえ！」

はっとして振《ふ》りむく。

視線《しせん》の先《さき》にいたのは、制服《せいふく》のままずぶぬれで立《た》っている響《ひびき》だった。

響《ひびき》はサラリーマンたちに向《む》かって叫《さけ》んでいた。

「なんでいけないことなの⁉　私《わたし》は……先生《せんせい》を好《す》きになれたから……テストだってがんばれて。毎日《まいにち》がドキドキして、楽《たの》しくなって……。絶対《ぜったい》、むだなんかじゃない！」

響《ひびき》は伊藤《いとう》が近《ちか》くにいることに、まったく気《き》づいていないようだった。

雨《あめ》がふりしきる中《なか》、響《ひびき》は必死《ひっし》に声《こえ》をはりあげている。

「――振《ふ》りむいてもらえなくても！」

その声《こえ》が、伊藤《いとう》の心《こころ》をはげしくゆさぶった。

「今《いま》はいちばん好《す》きな人《ひと》を……好《す》きでいたいっ！」

そこまで言《い》うと、響《ひびき》はとうとう泣《な》きだしてしまった。

響《ひびき》がしゃくりあげながらうつむいていると、だれかが腕《うで》をそっとつかんだ。

顔《かお》をあげると、伊藤《いとう》がいた。

「……先生《せんせい》？」

響《ひびき》の顔《かお》は、涙《なみだ》と雨《あめ》でぐちゃぐちゃだった。

伊藤《いとう》はサラリーマンたちに「すみません」と頭《あたま》をさげ、響《ひびき》の腕《うで》を引《ひ》っぱる。

「行《い》くぞ、島田《しまだ》」

酔《よ》っぱらいサラリーマンが「がんばれよ！　女子高生《じょしこうせい》！」とふざける中《なか》、二人《ふたり》はおしだまって、伊藤《いとう》の車《くるま》へ向《む》かい歩《ある》きだした。


ぬれた制服《せいふく》で助手席《じょしゅせき》に座《すわ》った響《ひびき》は、小《ちい》さな声《こえ》であやまった。

「先生《せんせい》、シートぬれちゃう。ごめんなさい」

伊藤《いとう》はなにも答《こた》えない。響《ひびき》はまた泣《な》きそうになる。

響《ひびき》の家《いえ》へ着《つ》くまでの間《あいだ》、二人《ふたり》はひとことも話《はな》さなかった。

フロントガラスの雨《あめ》をワイパーが払《はら》い、雨《あめ》がガラスをぬらし、またワイパーが払《はら》う。

その規則的《きそくてき》な音《おと》だけが、車内《しゃない》に響《ひび》いていた。


それからまもなく、各授業《かくじゅぎょう》で中間《ちゅうかん》テストの答案《とうあん》が返《かえ》された。

教壇《きょうだん》にいる伊藤《いとう》が、一人《ひとり》一人《ひとり》の名前《なまえ》を呼《よ》び、呼《よ》ばれた者《もの》は答案《とうあん》を取《と》りに行《い》く。

「島田《しまだ》」

伊藤《いとう》に呼《よ》ばれた響《ひびき》は、できるだけ冷静《れいせい》な表情《ひょうじょう》をつくって「はい」と返事《へんじ》をし、立《た》ちあがる。

答案《とうあん》を受《う》けとるときも、伊藤《いとう》とは目《め》を合《あ》わせない。

点数《てんすう》を見《み》た。

(九十七点《きゅうじゅうななてん》……！)

思《おも》わず伊藤《いとう》を振《ふ》りかえりそうになる。でももう、何点《なんてん》取《と》ったとしても関係《かんけい》なかった。

伊藤《いとう》に言《い》われてしまったのだから。

「おまえの気持《きも》ちには応《こた》えられない」と。


十一月《じゅういちがつ》。冬《ふゆ》が近《ちか》づき、校舎《こうしゃ》から見《み》える風景《ふうけい》はすっかり赤《あか》く色《いろ》づいた。

待《ま》ちに待《ま》った南高文化祭《みなみこうぶんかさい》の季節《きせつ》。

「ということで、今日《きょう》のホームルームは、南高祭《なんこうさい》の目玉《めだま》、クラス対抗仮装《たいこうかそう》コンテストのテーマを決《き》めようと思《おも》います」

関矢《せきや》が言《い》うと、生徒《せいと》たちから「おお〜！」と歓声《かんせい》があがった。

「じゃあ、なんか意見《いけん》ある人《ひと》」

すかさず千草《ちぐさ》が手《て》をあげる。

「はい！　ハッピーウエディングがいいです！」

それを聞《き》いて、女子《じょし》は盛《も》りあがったけれど、男子《だんし》はピンとこないようだ。「なんだそりゃ？」だとか「ハッピーウエディング？」だとか言《い》いながら、とまどっている。

千草《ちぐさ》は、身《み》ぶり手《て》ぶりをまじえながら説明《せつめい》した。

「それぞれ、好《す》きなウエディングドレスをつくってー、それを着《き》るの！」

男子《だんし》が質問《しつもん》する。

「でも、男子《だんし》はどうすんだよ？」

「その襟《えり》を裏返《うらがえ》して着《き》れば、それっぽくなるんじゃん？」

南高男子《みなみこうだんし》の制服《せいふく》は学《がく》ラン。たしかに、詰《つ》め襟《えり》を折《お》りかえして着《き》れば、タキシードのように見《み》えそうだった。

男子《だんし》の衣装《いしょう》が決《き》まれば、話《はなし》は早《はや》かった。千草《ちぐさ》たちのクラスの仮装《かそう》は「ハッピーウェディング」に決《き》まった。


衣装《いしょう》は、放課後《ほうかご》や休《やす》み時間《じかん》を使《つか》って、教室《きょうしつ》でつくることになった。

布《ぬの》を選《えら》んだり、それを切《き》って縫《ぬ》い合《あ》わせたり。夢中《むちゅう》になってつくるうちに、どのウェディングドレスも、けっこう本格的《ほんかくてき》な仕上《しあ》がりになってきた。

千草《ちぐさ》が、ドレスのレース部分《ぶぶん》を縫《ぬ》いつけながら、響《ひびき》に言《い》う。

「私《わたし》ね、サッカー部《ぶ》の戸延先輩《とのべせんぱい》にアピールしようと思《おも》って。ウェディングドレスで」

「ちーちゃん、関矢先生《せきやせんせい》は？」

「ん、もういいんだ。思《おも》ってたかんじと、なんかちがってたっていうか……勝手《かって》にいろいろ想像《そうぞう》して、憧《あこが》れてただけだったかなーって」

千草《ちぐさ》には、恋《こい》に恋《こい》しているようなところがあった。

そのせいか、だれかを好《す》きになって盛《も》りあがるのも早《はや》いし、興味《きょうみ》をなくすのも早《はや》いのだ。

「……そっか」

響《ひびき》はなんだかさびしくなる。

もしかしたら、自分《じぶん》もただ伊藤《いとう》に憧《あこが》れていただけだったのだろうか。

今《いま》はもう、あまり自信《じしん》がもてない。

優《やさ》しくしてくれる伊藤《いとう》に甘《あま》えて、迷惑《めいわく》ばかりかけて。

そんな自分《じぶん》のことがいやだった。

すっきりしない気持《きも》ちを抱《かか》えた響《ひびき》は、弓道場《きゅうどうじょう》に向《む》かう。

弓《ゆみ》を引《ひ》けば、心《こころ》が落《お》ち着《つ》くかもしれないと思《おも》ったのだ。

だれもいない弓道場《きゅうどうじょう》で、響《ひびき》は矢《や》を射《い》る。

しかし、一本目《いっぽんめ》、二本目《ほんめ》と、つづけて的《まと》を外《はず》してしまった。

ふいに、うしろから声《こえ》をかけられる。

「型《かた》、めちゃくちゃ」

振《ふ》りかえると、ジャージ姿《すがた》の藤岡《ふじおか》が、入《い》り口《ぐち》に立《た》っていた。

「弓手《ゆんで》、肩抜《かたぬ》けてる」

そう言《い》われ、響《ひびき》がばつの悪《わる》そうな顔《かお》をすると、藤岡《ふじおか》は弓道場《きゅうどうじょう》の中《なか》に入《はい》ってきた。

「今日《きょう》、みんないないね」

「うん。週末《しゅうまつ》、文化祭《ぶんかさい》だから。準備《じゅんび》でとりあえず部活《ぶかつ》は免除《めんじょ》になって」

「そっか。うちといっしょだ」

藤岡《ふじおか》は肩《かた》からかけていたバッグをおろし、準備《じゅんび》をはじめた。

「島田《しまだ》さんってさ、去年《きょねん》の大会《たいかい》、一年《ねん》の代表《だいひょう》で出《で》てたよね」

響《ひびき》は、こくりとうなずいた。

「なんかうまい子《こ》いるなーと思《おも》ったけど、ちょっとがっかりした」

「……え？」

「最近《さいきん》、練習《れんしゅう》にも身《み》が入《はい》っていないみたいだし、弓構《ゆがま》えにも迷《まよ》いがあって、中途半端《ちゅうとはんぱ》っていうか」

弓《ゆみ》を取《と》りだしながら、あっさりとそう言《い》った。

さっぱりとした性格《せいかく》の藤岡《ふじおか》は、思《おも》ったことを素直《すなお》に口《くち》にする。悪気《わるぎ》もないし、ましてや意地悪《いじわる》なことを言《い》おうとしたわけでもなかった。

ふと響《ひびき》を見《み》ると、目《め》からぽろぽろ涙《なみだ》をこぼして泣《な》いている。

まさか泣《な》くとは思《おも》わなかった藤岡《ふじおか》は、ぎくりとする。

響《ひびき》のほうも、涙《なみだ》があまりにも自然《しぜん》に出《で》てきたものだから、泣《な》いている自分《じぶん》にしばらく気《き》づかなかった。

「ごめんなさい……！」

とっさにあやまり、涙《なみだ》を拭《ふ》く。

「いや……こっちこそ、ごめん。言《い》いすぎた」

「ううん」

響《ひびき》は、首《くび》をぶんぶん横《よこ》に振《ふ》った。

藤岡《ふじおか》の言葉《ことば》のせいで泣《な》いたわけじゃなかった。ここ最近《さいきん》の出来事《できごと》がきつすぎて、いろいろなことを思《おも》い出《だ》したら、涙《なみだ》があふれてしまったのだ。

「ごめん」

「私《わたし》……ほんと自分《じぶん》のことしか考《かんが》えてなくて。相手《あいて》に、どれだけ迷惑《めいわく》になるかとか、考《かんが》えてなくて。ごめんなさい……」

しゃべればしゃべるほど、涙《なみだ》が止《と》まらなくなる。

そんな響《ひびき》をじっと見《み》つめていた藤岡《ふじおか》は、真剣《しんけん》な表情《ひょうじょう》でこう聞《き》いた。

「それって、俺《おれ》に言《い》ってる？」

「……えっ？」

「島田《しまだ》さんの好《す》きな人《ひと》って、先生《せんせい》……なんだよね？」

響《ひびき》はびっくりして、息《いき》が詰《つ》まりそうになった。

道着《どうぎ》に着替《きが》えた藤岡《ふじおか》は、正座《せいざ》をして、ゆがけをさしはじめた。そのあいだも、だまって響《ひびき》の話《はなし》を聞《き》く。

「なんていうか……私《わたし》が勝手《かって》に好《す》きになっただけなんだ」

響《ひびき》は体育座《たいいくずわ》りをして、ぼそぼそと語《かた》りだす。

「たまに優《やさ》しくしてくれるから、なんか調子《ちょうし》に乗《の》っちゃって」

響《ひびき》は、むりやり笑顔《えがお》をつくった。

「ほんと、ばかだよね。ちゃんとあきらめないとね」

すると、藤岡《ふじおか》は静《しず》かに言《い》った。

「……笑《わら》わないで」

「え？」

「笑《わら》えないんだったら、笑《わら》うことない。見《み》てるほうがつらい」

「……藤岡《ふじおか》くん？」

「ちゃんとあきらめるって、どういうことなのか俺《おれ》にはわかんないけど……どうせあきらめるなら、気持《きも》ち、たしかめてみれば？」

響《ひびき》は、悲《かな》しげに首《くび》を振《ふ》る。

「そんなの、先生《せんせい》の気持《きも》ちなんてわかってる」

「じゃなくて！」

厳《きび》しめの口調《くちょう》で言《い》う藤岡《ふじおか》を、響《ひびき》はおどろいて見《み》つめた。

「島田《しまだ》さんの気持《きも》ち――」

藤岡《ふじおか》は、すっと姿勢《しせい》を正《ただ》して立《た》ちあがる。

「ちゃんとフラれてないから、グダグダするんじゃない？」

「……でも、これ以上迷惑《いじょうめいわく》かけるなんて」

藤岡《ふじおか》が、弓《ゆみ》を取《と》り、的前《まとまえ》へ歩《ある》いていく。きりりとした足取《あしど》りだった。

「相手《あいて》は教師《きょうし》なんだから、生徒《せいと》に迷惑《めいわく》かけられるのも仕事《しごと》のうちでしょ」

藤岡《ふじおか》が弓《ゆみ》を引《ひ》く。

放《はな》たれた矢《や》は、的《まと》にあたった。

そのまっすぐな矢《や》の軌道《きどう》が、響《ひびき》の目《め》に残《のこ》った。


文化祭《ぶんかさい》の当日《とうじつ》。

校門前《こうもんまえ》には『南高祭《なんこうさい》』のアーチがたてられ、校庭《こうてい》には焼《や》きそばやチョコバナナなどの屋《や》台《たい》がずらりと並《なら》んでいた。

南高校《みなみこうこう》の文化祭《ぶんかさい》は、校内生《こうないせい》だけでなく、家族《かぞく》や他校《たこう》の生徒《せいと》も大勢《おおぜい》おとずれる。部活《ぶかつ》ごとのイベントもあり、毎年《まいとし》とてもにぎわう。

響《ひびき》たちの教室《きょうしつ》では、ウェディングドレス姿《すがた》の女子《じょし》と、学《がく》ランでつくったタキシード姿《すがた》の男子《だんし》がペアをつくり、コンテストの準備《じゅんび》をしていた。

教室《きょうしつ》のすみで、聖書《せいしょ》を持《も》った神父役《しんぷやく》の男子《だんし》と、花嫁《はなよめ》・花婿役《はなむこやく》の生徒《せいと》が「私《わたし》たちは、病《や》めるときも」「健《すこ》やかなるときも」と誓《ちか》いの言葉《ことば》の練習《れんしゅう》をしている。

その横《よこ》では、ブーケトスの練習《れんしゅう》をしている花嫁役《はなよめやく》がいる。

まだドレスの着《き》つけができていない子《こ》が「こっち、安全《あんぜん》ピンが足《た》りない！」と叫《さけ》ぶ。

千草《ちぐさ》は、ほかの女子《じょし》たちに囲《かこ》まれ、ちょうどウェディングドレスを着《き》つけ終《お》えたところだった。

「イケてる？　オッケー？　盛《も》れてる？」

女子《じょし》たちが「イエーイ！」とハイテンションで答《こた》えると、千草《ちぐさ》は響《ひびき》と浩介《こうすけ》のいるところへ駆《か》けていく。

「ねえねえねえ！　おかしくなーい？」

千草《ちぐさ》がその場《ば》でくるりと一回転《いっかいてん》した。

「かわいいよ」

先《さき》にドレスを着《き》ていた響《ひびき》が答《こた》えると、千草《ちぐさ》はうれしそうに「ほんとー？」とほほえむ。

浩介《こうすけ》はやる気《き》がなさそうにスマホをいじりながら、「はいはい、かわいいかわいい」と流《なが》す。

「じゃあ、戸延先輩《とのべせんぱい》に見《み》せてこよーっと！」

上機嫌《じょうきげん》の千草《ちぐさ》は、ぱたぱたと走《はし》っていってしまった。

マイペースな千草《ちぐさ》に、響《ひびき》と浩介《こうすけ》は思《おも》わず笑《わら》ってしまう。

「あれからなんか、伊藤《いとう》と話《はな》した？」

と、浩介《こうすけ》がきく。響《ひびき》は首《くび》をゆっくり振《ふ》った。

「ううん」

「そっか……勘《かん》ちがいだったのかな。やっぱわかんねーな、大人《おとな》は……」

このあいだ、怒《おこ》る千草《ちぐさ》を追《お》って社会科準備室《しゃかいかじゅんびしつ》に押《お》しかけたとき、浩介《こうすけ》はたしかに感《かん》じたのだ、「もしかしたら、伊藤《いとう》も響《ひびき》のことを大切《たいせつ》に思《おも》っているんじゃないか」と。

でも響《ひびき》の様子《ようす》を見《み》ると、それもただの勘《かん》ちがいだったのかもしれなかった。

「ほんと、わかんねぇ」

ため息《いき》をつく浩介《こうすけ》に、響《ひびき》が言《い》う。

「うん……わかんない。でも、たしかめるくらい、いいよね？」

ふと響《ひびき》は思《おも》ったのだ。

藤岡《ふじおか》に言《い》われたように、自分《じぶん》の気持《きも》ちを、もう一度《いちど》たしかめてみてもいいかもしれない。

ちゃんと伊藤先生《いとうせんせい》と向《む》きあって、ちゃんとフラれたら、きっとあきらめがつく。

「だって私《わたし》……取《と》ったんだもん」

「え？」

突然《とつぜん》なにを言《い》いだすんだろうと、浩介《こうすけ》がいぶかしげに聞《き》きかえす。

うつむいていた響《ひびき》は、浩介《こうすけ》に顔《かお》を向《む》けて、ぱっと笑顔《えがお》になった。

「九十七点《きゅうじゅうななてん》！」

そして勢《いきお》いよく立《た》ちあがると、ウエディングドレスのすそを翻《ひるがえ》し、あっという間《ま》に教室《きょうしつ》から走《はし》りさった。
「おい、響《ひびき》!?」

響《ひびき》は、仮装《かそう》した生徒《せいと》たちでごったがえす廊下《ろうか》を、一人《ひとり》走《はし》った。
足元《あしもと》はいつもの上履《うわば》き。
でも着《き》ているのは、本物《ほんもの》の花嫁《はなよめ》が着《き》るようなウェディングドレスだ。
ヒラヒラした白《しろ》いすそと、頭《あたま》に載《の》せたヴェールがゆれる。
「はあ……はあ……」
着慣《きな》れないドレスで走《はし》ったものだから、息《いき》があがってしまう。
社会科準備室《しゃかいかじゅんびしつ》をのぞいたけれど、伊藤《いとう》はいなかった。
また走《はし》りだす。

（先生《せんせい》、今日《きょう》だけです）

中庭《なかにわ》では、吹奏楽部《すいそうがくぶ》が演奏《えんそう》を披露《ひろう》していた。

見物《けんぶつ》する人《ひと》たちの中《なか》をさがすけれど、伊藤《いとう》はここにもいない。

（今日《きょう》だけ）

わたり廊下《ろうか》を走《はし》る。ふと立《た》ち止《ど》まり、屋上《おくじょう》を見《み》あげると――。

そこに、伊藤《いとう》の姿《すがた》が見《み》えた。

響《ひびき》は校舎《こうしゃ》へもどり、屋上《おくじょう》へつづく階段《かいだん》を、ドレスのすそをたくしあげて走《はし》った。

タンタンタン――。

足音《あしおと》が踊《おど》り場《ば》や天井《てんじょう》に響《ひび》く。

息《いき》をきらせながら、いちばん上《うえ》までのぼりきり、屋上《おくじょう》へつづくドアを開《あ》けた。

ぽつんと一人《ひとり》で立《た》っていた伊藤《いとう》が、その音《おと》を聞《き》いて振《ふ》りかえる。

響《ひびき》は、息《いき》をはずませ、一歩《いっぽ》だけ踏《ふ》みだす。

ためらいながら立《た》ち止《ど》まると、強《つよ》い風《かぜ》にヴェールがなびいた。


「なんだ、その恰好《かっこう》」

伊藤《いとう》に言《い》われて、響《ひびき》は自分《じぶん》の着《き》ているドレスを、あらためて見《み》た。

「え……あっ。どうですか？」

「似合《にあ》ってない」

あっさりと答《こた》える。

「……ひどい」

ふてくされた響《ひびき》に、伊藤《いとう》は思《おも》わずフッと笑《わら》い、腰《こし》かけるのにちょうどいいコンクリートの枠《わく》に座《すわ》る。さっきまで読《よ》んでいたのか、伊藤《いとう》は手《て》に本《ほん》を持《も》っていた。

「――それでも。そうだな……おまえらでもいつか、本物《ほんもの》の花嫁《はなよめ》衣裳《いしょう》を着《き》るときが来《く》るんだもんなぁ。笑《わら》えるよな」

伊藤《いとう》のしんみりした声《こえ》を聞《き》き、響《ひびき》はせつなくなる。

ぎゅっと胸《むね》がしめつけられるようだった。

ふうと小《ちい》さく息《いき》を吐《は》き、まっすぐ前《まえ》を向《む》いて、伊藤《いとう》のもとへ歩《ある》いていく。

そして、伊藤《いとう》の足元《あしもと》にすとんと膝《ひざ》をつくと、伊藤《いとう》の持《も》っている本《ほん》の上《うえ》にそっと右手《みぎて》を置《お》き、顔《かお》をふせた。

予想《よそう》していなかった行動《こうどう》に、伊藤《いとう》は目《め》を見張《みは》った。

響《ひびき》は、静《しず》かにまぶたを閉《と》じた。

「私《わたし》、島田《しまだ》響《ひびき》は、病《や》めるときも健《すこ》やかなるときも……卒業《そつぎょう》しても、就職《しゅうしょく》しても――ずっとずっと……伊藤先生《いとうせんせい》を、一生愛《いっしょうあい》することを誓《ちか》います」

伊藤《いとう》は身《み》じろぎ一《ひと》つせず、だまって座《すわ》っている。

響《ひびき》は、ぱっと顔《かお》をあげ、精一杯《せいいっぱい》の笑顔《えがお》を見《み》せた。

「なーんてっ！　ごめんなさい。こういうのはこれで最後《さいご》にする」

伊藤《いとう》は無言《むごん》のまま、じっと響《ひびき》を見《み》つめている。

響《ひびき》は、あふれそうな涙《なみだ》をぐっとこらえた。

あきらめようという決意《けつい》がゆらがないように、伊藤《いとう》への気持《きも》ちを必死《ひっし》に押《お》しとどめながら。

「ちゃんと生徒《せいと》にもどるね。それで、こんどこそ目指《めざ》すよ。素直《すなお》で、言《い》うことをよく聞《き》く――」

その言葉《ことば》をかき消《け》すように、伊藤《いとう》が強《つよ》い力《ちから》で響《ひびき》を抱《だ》きよせた。

「――っ？」

おどろいて固《かた》まっている響《ひびき》の体《からだ》をゆっくりと離《はな》し、顔《かお》を近《ちか》づける。

二人《ふたり》の唇《くちびる》がそっと触《ふ》れた。
まるで誓《ちか》いのキスのように――。

伊藤《いとう》はそのまま無言《むごん》で立《た》ちあがり、屋上《おくじょう》から出《で》ていった。
響《ひびき》のうしろで、ドアがバタンと閉《し》まる音《おと》がする。
力《ちから》が抜《ぬ》けてしまった響《ひびき》は、その場《ば》にしゃがみこんだ。

夜《よる》になり、校庭《こうてい》ではキャンプファイヤーがはじまった。
結局《けっきょく》、響《ひびき》はコンテストのステージに出《で》ずじまいだった。
炎《ほのお》はパチパチと音《おと》を立《た》てて、夜空《よぞら》に高《たか》く立《た》ちのぼっていく。
その炎《ほのお》の向《む》こうに、男子《だんし》生徒《せいと》たちと楽《たの》しそうに話《はな》している伊藤《いとう》が見《み》えた。

（どうして……先生《せんせい》……）

伊藤《いとう》の姿《すがた》を見《み》つめながら、響《ひびき》はせつなく思《おも》う。

（私《わたし》、どうしたらいいの？）

胸《むね》が苦《くる》しくてそれ以上《いじょう》見《み》ていられなくなり、伊藤《いとう》から目《め》をそむけてしまう。

（教《おし》えてください――）

伊藤《いとう》が顔《かお》をあげ、響《ひびき》を見《み》た。

けれどそれはすでに、響《ひびき》が目《め》をそむけたあと。

交差《こうさ》しない視線《しせん》は、このあとの二人《ふたり》のゆくえを暗示《あんじ》しているようだった。

5 ふつうの幸《しあわ》せ

文化祭《ぶんかさい》から数日後《すうじつご》のことだった。

朝《あさ》、昇降口《しょうこうぐち》を歩《ある》いていた響《ひびき》は、いつになくまわりの視線《しせん》を感《かん》じて、耳《みみ》をすます。

「ねーねー、C組《シーぐみ》の島田《しまだ》って、あの子《こ》じゃない？」

「うそ！　あんな地味《じみ》なのが？」

「絶対《ぜったい》そうだよ！」

響《ひびき》が振《ふ》りむくと、話《はなし》をしていた女子二人《じょしふたり》は「行《い》こう」と笑《わら》いながら、その場《ば》を去《さ》った。

まるで逃《に》げていくように。

（……なんだろう？）

首《くび》をかしげていると、男子生徒三人《だんしせいとさんにん》が遠巻《とおま》きに響《ひびき》を見《み》て、こそこそ話《はな》しているのに気《き》づいた。

「偶然《ぐうぜん》、一年《ねん》の子《こ》が見《み》たらしくてさ」

「まじで!?」

よく注意《ちゅうい》してみると、ほかにも響《ひびき》のことを横目《よこめ》で見《み》ながら内緒話《ないしょばなし》をしている生徒《せいと》がいる。

(えっ……えっと……なに?)

そこへ千草《ちぐさ》が走《はし》ってきて、響《ひびき》の両手《りょうて》を握《にぎ》りしめた。

「ちーちゃん?」

「響《ひびき》、こっち!」

そのまま手《て》を引《ひ》かれ、体育館《たいいくかん》の裏《うら》まで連《つ》れていかれた。

体育館裏《たいいくかんうら》には、不安《ふあん》そうな顔《かお》をした浩介《こうすけ》が待《ま》っていた。

千草《ちぐさ》がスマホをさしだして、響《ひびき》にSNS《エスエヌエス》の書《か》きこみを見《み》せる。

表示《ひょうじ》されている画像《がぞう》を見《み》て、響《ひびき》はさっと青《あお》ざめた。

そこには、屋上《おくじょう》でキスをする二人《ふたり》の人物《じんぶつ》が写《うつ》っていたのだ。

ひとりはスーツ姿《すがた》、ひとりはウェディングドレス姿《すがた》。

文化祭《ぶんかさい》の日《ひ》の、伊藤《いとう》と響《ひびき》――。


SNS《エスエヌエス》のページをスクロールする。「2－C《シー》の島田《しまだ》だろ」だとか「まじで伊藤詰《いとうつ》んだ！」といった書《か》きこみが目《め》に飛《と》びこんできた。

浩介《こうすけ》が険《けわ》しい声《こえ》で言《い》う。

「ネットで出回《でまわ》ってて、どんどん拡散《かくさん》してる。さっき伊藤《いとう》が校長《こうちょう》に呼《よ》ばれて行《い》った……」

それを聞《き》いて、響《ひびき》ははっと顔《かお》をあげた。

「……行《い》かないと」

走《はし》りだそうとする響《ひびき》の腕《うで》を、千草《ちぐさ》はあわててつかむ。

「なに言《い》ってるの、やだよ？　ねえ、逃《に》げようよ、響《ひびき》！」

「逃《に》げるって。んなことしたって、なんにもなんねーだろ！」

浩介《こうすけ》が叫《さけ》んだそのとき、三人《にん》の背後《はいご》から声《こえ》がした。

「いえ、そうしてちょうだい」

振《ふ》りむくと、中島《なかじま》が立《た》っている。

「こんなところにいたの、島田《しまだ》さん。あなたは一度《いちど》、家《いえ》に帰《かえ》って」

「でも！」

響《ひびき》が思《おも》わず一歩出《いっぽで》ると、中島《なかじま》の端整《たんせい》な顔《かお》に厳《きび》しさが浮《う》かんだ。

「子《こ》どもが出《で》てどうなる話《はなし》じゃないの。大人《おとな》に任《まか》せておきなさい」

子《こ》どもあつかいして線《せん》を引《ひ》くような言《い》いかたに、浩介《こうすけ》はカチンと来《き》た。

「またそれかよ！　響《ひびき》は真剣《しんけん》に――」

「真剣《しんけん》なことが偉《えら》いとでも思《おも》ってるの!?」

中島《なかじま》の口調《くちょう》は、いつになく激《はげ》しかった。

浩介《こうすけ》たちは思《おも》わず口《くち》をつぐむ。

「そのまっすぐさが、相手《あいて》を傷《きず》つけることにも気《き》づけない。だから子《こ》どもだって言《い》ってるのよ！」

中島《なかじま》の声《こえ》は少《すこ》しふるえていた。ここまで感情的《かんじょうてき》になっている中島《なかじま》をはじめて見《み》た浩介《こうすけ》は、圧倒《あっとう》されてしまい、口《くち》ごたえもできなかった。

「とにかく、今日《きょう》は帰《かえ》りなさい」

響《ひびき》は、自分《じぶん》がなにもできないことを思《おも》い知《し》った。

伊藤《いとう》を助《たす》けに行《い》くこともできない。

拡散《かくさん》される噂《うわさ》を止《と》めることもできない。

大人《おとな》たちが問題《もんだい》を解決《かいけつ》してくれるのを、ただ遠《とお》くから見《み》ているしかないのだ。


その後《ご》、校内《こうない》の会議室《かいぎしつ》に教員《きょういん》たちが集《あつ》まり、緊急会議《きんきゅうかいぎ》が開《ひら》かれた。

ほかの教員《きょういん》たちがずらりと座《すわ》る中《なか》、伊藤《いとう》だけが立《た》ち、視線《しせん》を一身《いっしん》に受《う》けている。

まるで裁判《さいばん》のような雰囲気《ふんいき》。

教頭《きょうとう》がタブレットを手《て》に持《も》ち、伊藤《いとう》にSNS《エスエヌエス》の画面《がめん》を見《み》せる。

校長《こうちょう》が静《しず》かに問《と》いただす。

「これは、伊藤先生《いとうせんせい》と、二年《ねん》C組《シーぐみ》の島田響《しまだひびき》とでまちがいありませんね？」

「――はい」

伊藤《いとう》が淡々《たんたん》と答《こた》えると、教頭《きょうとう》は大声《おおごえ》をはりあげた。

「はい、って……きみね！」

教頭《きょうとう》にくらべ、校長《こうちょう》の口調《くちょう》は冷静《れいせい》だ。

「どういうことか、説明《せつめい》していただけますか？」

「……見《み》てのとおりです。弁解《べんかい》の余地《よち》はありません」

教員席《きょういんせき》にいた中島《なかじま》が、重苦《おもくる》しい表情《ひょうじょう》で伊藤《いとう》を見《み》つめた。

伊藤《いとう》が、深《ふか》く頭《あたま》をさげる。

「本当《ほんとう》に、申《もう》し訳《わけ》ありません」

怒《いか》りを抑《おさ》えきれない教頭《きょうとう》が、たたみかけた。

「伊藤先生《いとうせんせい》！　これはきみ一人《ひとり》の問題《もんだい》じゃない。うちの教員全員《きょういんぜんいん》の信用《しんよう》にかかわる問題《もんだい》なんだぞ？　あやまってすむとでも思《おも》ってるのか!?」

伊藤《いとう》はなにも答《こた》えなかった。

言《い》い訳《わけ》をする気《き》はまったくない。

責任《せきにん》はすべて自分《じぶん》が負《お》う覚悟《かくご》を決《き》めていた。

少《すこ》しの沈黙《ちんもく》のあと、校長《こうちょう》がようやく口《くち》を開《ひら》く。

「……伊藤先生《いとうせんせい》。このままでは、処分《しょぶん》は免《まぬが》れません。それでよろしいんですか？　あなたの本心《ほんしん》を聞《き》かせていただけませんか？」

うつむいていた伊藤《いとう》が、顔《かお》をあげる。

「私《わたし》は――」

ゆっくりと語《かた》りだす。

その言葉《ことば》を、浩介《こうすけ》と千草《ちぐさ》はドアの外《そと》で聞《き》いていた。

伊藤《いとう》の切実《せつじつ》な思《おも》いは、二人《ふたり》の心《こころ》をせつなくえぐった。


放課後《ほうかご》、藤岡《ふじおか》が弓道場《きゅうどうじょう》に行《い》くと、南高《みなみこう》の部員《ぶいん》たちが、いつになくそわそわしていた。

みんな、口々《くちぐち》にだれかの噂話《うわさばなし》をしているのだ。

耳《みみ》をすますと、「うそ、島田先輩《しまだせんぱい》が？」だとか「え？　めちゃくちゃ真面目《まじめ》そうだったのに」などと聞《き》こえてくる。

島田《しまだ》さんになにかあったのだろうか？

そう思《おも》い、そばにいた北高《きたこう》の男子部員《だんしぶいん》に話《はな》しかける。

「どうした？」

「ああ、なんか、すごいさわぎだったらしいぞ。島田《しまだ》っていう女子《じょし》いるだろ？　教師《きょうし》とできてたらしくて……」

藤岡《ふじおか》は、このあいだ弓道場《きゅうどうじょう》で響《ひびき》と話《はな》したときのことを思《おも》い出《だ》した。

もしかして、自分《じぶん》が「たしかめてみれば」なんて言《い》ったせいで、響《ひびき》がなにか行動《こうどう》をおこしたのだとしたら……。


響《ひびき》は数日間《すうじつかん》、自宅謹慎《じたくきんしん》することになった。

頭《あたま》の中《なか》がもやもやして部屋《へや》を出《で》る気《き》にもなれず、その日《ひ》も朝《あさ》からベッドの上《うえ》で過《す》ごしていた。

昼過《ひるす》ぎになり、ドアをノックする音《おと》が聞《き》こえる。

返事《へんじ》もせずにいると、ドアの向《む》こうで母《はは》が言《い》った。

「響《ひびき》。お母《かあ》さん、でかけてくるから。冷蔵庫《れいぞうこ》の海老《えび》ピラフ、チンして食《た》べて」

「…………」

なにも言《い》いたくなかった。黙《だま》っていると、母《はは》は響《ひびき》の返事《へんじ》をあきらめて話《はな》しだす。

「響《ひびき》、あのね。お父《とう》さんもお母《かあ》さんも、あなたを責《せ》めるつもりなんてないの」

響《ひびき》は唇《くちびる》をかんだ。

責《せ》められるようなことをしたなんて思《おも》っていなかった。

好《す》きな人《ひと》と、ただいっしょにいたかっただけなのに。

その相手《あいて》が、先生《せんせい》だっただけなのに。

ほかの人《ひと》に変《へん》な目《め》で見《み》られようと、響《ひびき》はかまわなかった。

「ただ、高校生《こうこうせい》らしいふつうの幸《しあわ》せを手放《てばな》してほしくない……それだけ」

母《はは》の言《い》う「高校生《こうこうせい》らしいふつうの幸《しあわ》せ」の意味《いみ》がよくわからない。

なにをすれば高校生《こうこうせい》らしいと言《い》えるんだろう?

勉強《べんきょう》をして、部活《ぶかつ》をして、友《とも》だちとおしゃべりをして、恋《こい》をした。

後悔《こうかい》しないように、今《いま》できることをしただけだ。

自分《じぶん》のしたことは、高校生《こうこうせい》らしくなかったのだろうか?

「…………」

響《ひびき》は口《くち》をきかなかった。母《はは》が階段《かいだん》をおりていく。

響《ひびき》は、ベッドに横《よこ》たわって天井《てんじょう》を見上《みあ》げ、ぼんやりと視線《しせん》をさまよわせていた。

しばらくすると、スマホが鳴《な》った。

のろのろと体《からだ》を起《お》こして画面《がめん》を見《み》るが、番号《ばんごう》しか表示《ひょうじ》されていない。

一瞬《いっしゅん》ためらったけれど、響《ひびき》は思《おも》いきって通話《つうわ》ボタンを押《お》した。

「……はい」

『伊藤《いとう》です』

聞《き》こえてきたのは、いちばん聞《き》きたかった声《こえ》。

響《ひびき》は思《おも》わず大声《おおごえ》で返《かえ》す。

「……先生《せんせい》！」

響《ひびき》は家《いえ》を抜《ぬ》けだし、迎《むか》えにきた伊藤《いとう》の車《くるま》に乗《の》りこんだ。

そのまま海《うみ》まで直行《ちょっこう》する。

日《ひ》が沈《しず》みかけた海辺《うみべ》の駐車場《ちゅうしゃじょう》は、停《と》めてある車《くるま》も少《すく》なかった。

季《き》節《せつ》外《はず》れのビーチは人《ひと》けがない。寒々《さむざむ》しい風《かぜ》が吹《ふ》くばかりだ。

響《ひびき》は助手席《じょしゅせき》に座《すわ》り、伊藤《いとう》が飲《の》み物《もの》を買《か》ってくるのを待《ま》っていた。

しばらくすると伊藤《いとう》は、温《あたた》かい缶《かん》コーヒーを手《て》にしてもどってくる。

「寒《さむ》くないか」

運転席《うんてんせき》に座《すわ》り、バタンとドアを閉《し》め、響《ひびき》に缶《かん》コーヒーをわたす。

響《ひびき》は首《くび》を横《よこ》に振《ふ》ってコーヒーを受《う》けとり、くすっと笑《わら》う。

「……出世《しゅっせ》した」

「出世《しゅっせ》？」

と、伊藤《いとう》が聞《き》き、響《ひびき》はうなずく。

「先生《せんせい》が前《まえ》に病院《びょういん》の自販機《じはんき》で買《か》ってくれたの、いちごオレだった」

「よくそんなこと、覚《おぼ》えてるな」

「子《こ》どもあつかいされてるのかなって、思《おも》ってたんです。缶《かん》コーヒーになった」

伊藤《いとう》の表情《ひょうじょう》が、にわかにこわばった。

取《と》りかえしのつかないことをしたと、伊藤《いとう》は感《かん》じていた。

自分《じぶん》よりはるかに力《ちから》の弱《よわ》い人間《にんげん》を、自分《じぶん》のせいで傷《きず》つけてしまった。

「……すまない」

伊藤《いとう》が頭《あたま》をさげる。

「俺《おれ》のせいで、学校《がっこう》でも気《き》まずい思《おも》いをさせてしまうかもしれない。本当《ほんとう》にすまない」

「あやまらないでください！　私《わたし》こそ、先生《せんせい》を困《こま》らせてしまって……。ごめんなさい。私《わたし》、大丈夫《だいじょうぶ》です！」

伊藤《いとう》は、なにか言《い》おうと言葉《ことば》を探《さが》すが、見《み》つからない。

波《なみ》の音《おと》だけが、窓《まど》の向《む》こうから響《ひび》いてくる。

「……本当《ほんとう》に大丈夫《だいじょうぶ》なんです。人《ひと》の目《め》なんて、どうだっていい」

響《ひびき》は、不安《ふあん》でいっぱいだった。

それでも胸《むね》にあふれる思《おも》いを、口《くち》にせずにはいられない。

「だれになんて思《おも》われたっていいんです。……学校《がっこう》だって、辞《や》めたっていいし」

せっぱつまった響《ひびき》の声《こえ》を聞《き》き、伊藤《いとう》は絶望的《ぜつぼうてき》な気持《きも》ちになった。

そんなことをさせるわけにはいかなかった。

「先生《せんせい》、教《おし》えてください。なんであのとき、抱《だ》きしめてくれたんですか？」

伊藤《いとう》は答《こた》えなかった。

「なんで……あのとき……」

響《ひびき》がうつむいて、唇《くちびる》に指《ゆび》をあてる。

（——なんで、キスしたんですか？）

そのとき、外《そと》から楽《たの》しげな笑《わら》い声《ごえ》が聞《き》こえてきた。

二人《ふたり》が目《め》を向《む》けると、どこかの高校《こうこう》の制服《せいふく》を着《き》たカップルが、幸《しあわ》せそうに手《て》をつなぎ、浜辺《はまべ》を歩《ある》いている。

伊藤《いとう》は思《おも》った。

響《ひびき》には、彼《かれ》らのようなふつうの幸《しあわ》せが似合《にあ》う。

自分《じぶん》がそれを邪魔《じゃま》してはいけない。

今《いま》なら、まだ間《ま》に合《あ》う。

響《ひびき》をつきはなし、距離《きょり》を置《お》き、忘《わす》れてしまうことができれば——。


「魔《ま》がさした」

伊藤《いとう》はきっぱりと言《い》った。響《ひびき》がはっと顔《かお》をあげる。

「えっ？」

「……ただ、それだけだ」

響《ひびき》の瞳《ひとみ》に映《うつ》る伊藤《いとう》は、とても苦《くる》しそうだった。

（私《わたし》がわがままなことを言《い》うから……）

響《ひびき》は、もうこれ以上《いじょう》、伊藤《いとう》に迷惑《めいわく》をかけてはいけないと思《おも》った。

「――わかりました」

「家《いえ》まで送《おく》る」

「駅《えき》まででいいです」

「わかった……」

車《くるま》は、夕日《ゆうひ》の中《なか》をゆっくりと動《うご》きだした。

これでもう終《お》わり。

二人《ふたり》はなにも話《はな》さなかった。

痛《いた》みだけが、しこりのようになって二人《ふたり》の心《こころ》に残《のこ》った。

駅《えき》に着《つ》くころには日《ひ》も暮《く》れ、あたりは暗《くら》くなっていた。

響《ひびき》はホームのベンチに座《すわ》り、どこを見《み》るともなくぼうっとしていた。

ふいにスマホが鳴《な》る。藤岡《ふじおか》からの着信《ちゃくしん》だった。

「……はい」

『もしもし』

藤岡《ふじおか》のまっすぐな声《こえ》が、響《ひびき》の耳《みみ》に届《とど》く。

「藤岡《ふじおか》くん？」

『話《はなし》、聞《き》いた』

響《ひびき》は一瞬《いっしゅん》、「えっ？」と息《いき》をのむ。

『俺《おれ》がけしかけたりしたから。ごめん』

「そんな。藤岡《ふじおか》くんがあやまらないで」

そのとき、電車到着《でんしゃとうちゃく》を伝《つた》えるアナウンスが、ホームに流《なが》れる。カンカンカンカンという踏《ふ》み切《き》りの音《おと》も聞《き》こえてきた。

「あ、電車《でんしゃ》来《き》たから」

『え……あ、そっか』

「うん。じゃあまた」

『うん、また』

電話《でんわ》を切《き》る。

すると、おさえていたさびしさがこみあげてきた。

うつむいたら、握《にぎ》ったスマホの画面《がめん》に、ぽたぽたと涙《なみだ》が落《お》ちた。

拭《ふ》いても拭《ふ》いても、涙《なみだ》は止《と》まらなかった。

ようやく泣《な》きやんだころ、響《ひびき》が乗《の》る電車《でんしゃ》は駅《えき》に到着《とうちゃく》した。

改札《かいさつ》を出《で》たところで、響《ひびき》は足《あし》を止《と》めた。

藤岡《ふじおか》がいたのだ。自転車《じてんしゃ》をわきに置《お》き、心配《しんぱい》そうな顔《かお》をしている。

「……藤岡《ふじおか》くん。どうして？」

「泣《な》いてるのかなって、思《おも》ったから」

響《ひびき》は思《おも》わず、泣《な》きはらした目《め》をふせた。

「噂《うわさ》なんて、みんなすぐに飽《あ》きる。たとえば、島田《しまだ》さんがこれからふつうのつきあいをすれば、みんないつか、話題《わだい》にもしなくなる」

くじけそうになっている響《ひびき》には、藤岡《ふじおか》の気《き》づかいがうれしかった。

藤岡《ふじおか》が言《い》った「ふつうのつきあい」と、母《はは》が言《い》った「高校生《こうこうせい》らしいふつうの幸《しあわ》せ」は、きっと同《おな》じような意味《いみ》なのだろう。

（やっぱり、藤岡《ふじおか》くんやお母《かあ》さんが正《ただ》しいのかもしれない——）

そんなことを考《かんが》えながらうつむいたままでいると、藤岡《ふじおか》が思《おも》いがけないことを言《い》った。

「それ、俺《おれ》じゃだめ？」

「えっ？」

響《ひびき》が顔《かお》をあげ、視線《しせん》がまじわる。

藤岡《ふじおか》の瞳《ひとみ》は、弓《ゆみ》を引《ひ》くときのように真剣《しんけん》だった。

「俺《おれ》、去年《きょねん》の大会《たいかい》のときから、島田《しまだ》さんのこと、いいなって思《おも》ってた」

「…………」

突然《とつぜん》すぎて、声《こえ》も出《で》ない。

「答《こた》えはすぐにじゃなくていい。だけど、そういう気持《きも》ちがあるのに、隠《かく》してるのはなんか、気持《きも》ち悪《わる》いから、先《さき》に言《い》っておこうかなって。それだけ」

藤岡《ふじおか》は気負《きお》いがなくて、響《ひびき》は少《すこ》し救《すく》われた気分《きぶん》になった。

「家《いえ》まで送《おく》るよ」

「……うん」

響《ひびき》はうなずく。

藤岡《ふじおか》が自転車《じてんしゃ》を押《お》して歩《ある》きはじめ、響《ひびき》はだまってついていった。

6 好《す》きになっちゃいけない人《ひと》

伊藤《いとう》の処分《しょぶん》が決《き》まったのは、響《ひびき》が謹慎《きんしん》をしている間《あいだ》だった。

「連休《れんきゅう》だからといって、羽目《はめ》をはずしすぎないように。あくまできみたちは――」

午後《ごご》のホームルームで、担任《たんにん》の関矢《せきや》が注意事項《ちゅういじこう》を連絡《れんらく》する。

「――高校生《こうこうせい》としての自覚《じかく》をもって、行動《こうどう》してください」

千草《ちぐさ》は、ぽっかりと空《あ》いたとなりの席《せき》を見《み》つめていた。響《ひびき》の席《せき》だ。

関矢《せきや》が、奥歯《おくば》にもののはさまったような口調《くちょう》でつづける。

「で、あとあの……世界史《せかいし》の伊藤先生《いとうせんせい》なんだけど……転任《てんにん》することになりました」

千草《ちぐさ》と浩介《こうすけ》は、おどろいて顔《かお》をあげる。

それって、このまま響《ひびき》と伊藤《いとう》がはなればなれになってしまうってこと!?

二人《ふたり》は先生《せんせい》と生徒《せいと》ではあるけれど、おたがいのことをかけがえのない存在《そんざい》だと思《おも》っているのに……。
そんなこと、させたくない！
千草《ちぐさ》も浩介《こうすけ》も、友《とも》だちがつらい目《め》にあうのを、黙《だま》って見《み》ていられなかった。
それなら――行動《こうどう》するしかない。

伊藤《いとう》は、連休中《れんきゅうちゅう》に職員寮《しょくいんりょう》から出《で》ていくことになっていた。
本棚《ほんだな》の本《ほん》を取《と》りだし、段《だん》ボール箱《ばこ》につめていく。
ふと、棚《たな》の上《うえ》に置《お》かれているものを見《み》て、手《て》を伸《の》ばす。
いつだったか、階段《かいだん》でぶつかって響《ひびき》が壊《こわ》してしまった眼鏡《めがね》。
響《ひびき》は、壊《こわ》した責任《せきにん》を取《と》ると言《い》って、伊藤《いとう》を寮《りょう》まで送《おく》ってきた。そのときのことを思《おも》い出《だ》し、伊藤《いとう》はさびしげに笑《わら》った。

部屋《へや》の奥《おく》では、中島《なかじま》が荷造《にづく》りを手伝《てつだ》っていた。

「荷物《にもつ》はこれだけですか？」

「はい。手伝《てつだ》っていただいて、申《もう》し訳《わけ》ないです」

「大丈夫《だいじょうぶ》ですよ」

中島《なかじま》は、抱《かか》えていた段《だん》ボール箱《ばこ》を床《ゆか》へおろす。

「……それより、本当《ほんとう》にいいんですか？」

中島《なかじま》は同僚《どうりょう》として心配《しんぱい》していた。

以前《いぜん》は伊藤《いとう》に惹《ひ》かれていて、告白《こくはく》もして、結局《けっきょく》フラれてしまった。けれどそれはもう終《お》わった話《はなし》。今《いま》は、伊藤《いとう》と響《ひびき》のことが気《き》がかりだった。

伊藤《いとう》はだまっている。

そのとき、勢《いきお》いよくドアが開《あ》き、ドカドカと足音《あしおと》を鳴《な》らしてだれかが部屋《へや》へ入《はい》ってきた。

浩介《こうすけ》だ。

ホームルームが終《お》わったあと、まっすぐ職員寮《しょくいんりょう》へやってきたのだった。

浩介《こうすけ》がすごい剣幕《けんまく》で押《お》しかけてきたせいで、逆《ぎゃく》に伊藤《いとう》は冷静《れいせい》になる。手《て》に持《も》っていた本《ほん》を床《ゆか》へ置《お》いて言《い》った。

「どうした？」

「……逃《に》げんの？」

返事《へんじ》をせずにいると、浩介《こうすけ》が憎《にく》らしげに言《い》う。

「じゃあ、俺《おれ》からも餞別《せんべつ》、いいっすか」

いきなりなぐりかかってきた浩介《こうすけ》を、伊藤《いとう》は身《み》をかわしてよけた。

「よけるなよ」

「よけねぇと当《あ》たるだろ。なんで俺《おれ》がおまえになぐられなきゃならないんだ」

「見《み》てて腹立《はらた》つからだよ」

浩介《こうすけ》が伊藤《いとう》の胸《むな》ぐらをぐいっとつかむ。

中島《なかじま》があわてて間《あいだ》に入《はい》り、叫《さけ》んだ。

「やめなさい、川合《かわい》くん！」

浩介《こうすけ》はやめなかった。どうしても許《ゆる》せなかったのだ。

「なんだよ、転任《てんにん》って。かっこつけんなよ。いつまでも大人《おとな》ぶって、逃《に》げてんなよ！」

浩介《こうすけ》は、伊《い》藤《とう》を突《つ》きとばした。

バランスをくずした伊《い》藤《とう》がよろける。窓《まど》に手《て》をついて、どうにか体《からだ》を支《ささ》えた。

浩介《こうすけ》は迫《せま》っていき、また胸《むな》ぐらをつかむ。

「やり返《かえ》せばいいじゃん」

伊《い》藤《とう》はまったく抵抗《ていこう》しなかった。浩介《こうすけ》にされるがままになっていた。

「できないんだろ？　俺《おれ》は生徒《せいと》で、あんたは先生《せんせい》だもんなぁ？」

浩介《こうすけ》を見《み》つめたまま、伊《い》藤《とう》は口《くち》をつぐむ。

「でも、だったらどうして、響《ひびき》のこと、ハンパに受《う》け入《い》れたんだよ！　俺《おれ》、うれしかったんだよ。あの会議《かいぎ》んとき、あんたが言《い》ってくれたこと……」

伊藤《いとう》と響《ひびき》のキス画像流出後《がぞうりゅうしゅつご》に開《ひら》かれた、職員会議《しょくいんかいぎ》。

大勢《おおぜい》の教師《きょうし》たちの前《まえ》で、伊藤《いとう》は一人立《ひとりた》たされ、追及《ついきゅう》を受《う》けた。

校長《こうちょう》が伊藤《いとう》にたずねる。

「……伊藤先生《いとうせんせい》。このままでは、処分《しょぶん》は免《まぬが》れません。それでよろしいんですか？　あなたの本心《ほんしん》を聞《き》かせていただけませんか？」

うつむいていた伊藤《いとう》が、顔《かお》をあげる。

「私《わたし》は——」

ゆっくりと語《かた》りだす。

「——あいつは真面目《まじめ》で、不器用《ぶきよう》で、いつも一生懸命《いっしょうけんめい》で……目《め》が離《はな》せなくなった。教師《きょうし》として、放《ほう》っておけない存在《そんざい》だったんです。でも……気《き》づけば教師《きょうし》という立場《たちば》を忘《わす》れて……」

そう答《こた》えながら、伊藤《いとう》の心《こころ》はだんだんとおだやかになっていった。

響《ひびき》の姿《すがた》が思《おも》いうかぶ。

「彼女《かのじょ》はなにも悪《わる》くありません。責任《せきにん》は私《わたし》が取《と》ります」

辞書《じしょ》が降《ふ》ってきて、目《め》を覚《さ》ましたあの日《ひ》。見《み》あげた教室《きょうしつ》には響《ひびき》がいた。

部屋《へや》に押《お》しかけられたこともあった。

夕日《ゆうひ》のあたる社会科準備室《しゃかいかじゅんびしつ》で、「好《す》きになっても、いい？」と、問《と》いかけられたこともあった。

気《き》がつけば、自分《じぶん》にとって一番大切《いちばんたいせつ》な存在《そんざい》になっていた。

だから。

「……これ以上傷《いじょうきず》つけたくない」

伊藤《いとう》ははっきりと言《い》った。

それを、浩介《こうすけ》と千草《ちぐさ》は、廊下《ろうか》で聞《き》いていたのだった。

「でも、責任《せきにん》の取《と》り方《かた》がまちがってんだよ！」

怒《いか》りがおさまらない浩介《こうすけ》は、もういちど伊藤《いとう》を突《つ》きとばした。

中島《なかじま》が浩介《こうすけ》の腕《うで》をつかみ、止《と》めようとする。

「伊藤先生《いとうせんせい》は、島田《しまだ》さんのことを一番《いちばん》に考《かんが》えて——」

しかし中島《なかじま》の言葉《ことば》をさえぎって、浩介《こうすけ》はどなった。

「考《かんが》えて、響《ひびき》のために自分《じぶん》が泥《どろ》かぶって逃《に》げんのか!? そんなのあいつは、これっぽっちも望《のぞ》んでねぇ！」

伊藤《いとう》がようやく口《くち》を開《ひら》いた。

「今《いま》は望《のぞ》んでないかもしれない。けど、あいつのこれからのことを考《かんが》えたら、これしかないんだ」

「んなもん、だれが決《き》めたんだよ!? こういうのはよ、どっちだけのせいとかねぇだろ? 俺《おれ》たちにもちょっとは背負《せお》わせろ、って言《い》ってんだよ！」

中島《なかじま》は、おさえのきかなくなっている浩介《こうすけ》をなだめようと、必死《ひっし》だった。

「あのね、川合《かわい》くん。伊藤先生《いとうせんせい》は大人《おとな》として——」

「あー、大人大人《おとなおとな》うっせーな。そうだよ、俺《おれ》らは子《こ》どもだよ！ わけわかってねーよ！ それでもなんとかしようと必死《ひっし》なんだよ！」

思《おも》いつめたような浩介《こうすけ》の叫《さけ》びは、伊藤《いとう》と中島《なかじま》の心《こころ》を打《う》ちのめす。

二人《ふたり》とも、返《かえ》す言葉《ことば》が見《み》つからずに立《た》ちすくんだ。

「長《なが》いこと先生役《せんせいやく》やりすぎて、自分《じぶん》の本音《ほんね》、見《み》えなくなっちまったんじゃねーの!?」

浩介《こうすけ》は、抵抗《ていこう》もせず、言《い》いかえしもしない伊藤《いとう》にいら立《だ》った。

逃《に》げるばかりで卑怯《ひきょう》だと感《かん》じた。

思《おも》わず腕《うで》を振《ふ》りあげ、なぐりかかった。どうせまたよけるんだろ？　と思《おも》いながら。

ところが、伊藤《いとう》はよけずにそのままパンチを受《う》けた。

浩介《こうすけ》の拳《こぶし》はきれいに顔面《がんめん》にヒットし、よろけた伊藤《いとう》が、積《つ》まれていた段《だん》ボール箱《ばこ》に倒《たお》れこんだ。

まさか当《あ》たるとは思《おも》わなかった浩介《こうすけ》は「あ、入《はい》っちった」とつぶやいた。

あわてて中島《なかじま》が駆《か》けよる。

「伊藤先生《いとうせんせい》っ！」

伊藤《いとう》は段《だん》ボール箱《ばこ》にもたれかかったまま、しばらくじっとしていたが、やがてぼそっと言《い》う。

「……そのとおりかもな」

伊藤《いとう》の反応《はんのう》に、中島《なかじま》が「えっ？」とおどろく。

うつむいた伊藤《いとう》は、負《ま》けを認《みと》めたかのように、こう言《い》った。

「傷《きず》ついたあいつに、いつか軽蔑《けいべつ》されるかもしれない。それがこわくて、逃《に》げようとしていただけなのかもしれない」

「……伊藤《いとう》」

浩介《こうすけ》の必死《ひっし》のうったえは、伊藤《いとう》の胸《むね》に届《とど》いたのだ。


そのころ、千草《ちぐさ》は響《ひびき》の家《いえ》へ走《はし》っていた。

ちょうど到着《とうちゃく》するころ、玄関《げんかん》から出《で》てくる響《ひびき》が見《み》えた。肩《かた》に弓道《きゅうどう》の道具《どうぐ》をかついでいる。

「響《ひびき》っ！」

千草《ちぐさ》に呼《よ》ばれて、響《ひびき》はびっくりした顔《かお》をする。

「ちーちゃん？」

走《はし》りすぎて息《いき》が切《き》れた千草《ちぐさ》は、止《と》まるなり「……し、死《し》ぬ！」と奇声《きせい》をあげる。

「ちーちゃん、どうしたの？」

千草《ちぐさ》はぱっと顔《かお》をあげ、泣《な》きそうになりながら叫《さけ》んだ。

「響《ひびき》、あのね、大変《たいへん》なの！　伊藤《いとう》、いなくなっちゃう！」

「………」

口《くち》を開《ひら》きかけ、けれど響《ひびき》はなにも言《い》わずにだまりこむ。

自分《じぶん》にはどうにもできないことだと、響《ひびき》は思《おも》った。

伊藤《いとう》は「魔《ま》がさした」と言《い》った。

好《す》きだったのは響《ひびき》ばかりで、伊藤《いとう》は響《ひびき》のことを、ただの生徒《せいと》としか思《おも》っていなかったのだろう。

もう恋《こい》は終《お》わってしまったのだ――。

「伊藤《いとう》のとこ、行《い》ってあげて！」

響《ひびき》は矢筒《やづつ》の肩《かた》ひもをぎゅっと握《にぎ》り、首《くび》を横《よこ》に振《ふ》った。

「――私《わたし》は、行《い》けない」

「響《ひびき》、どうして!?」

響《ひびき》は遠《とお》い目《め》をして、さびしげにほほえむ。

「好《す》きになっちゃいけない人《ひと》だったんだよね。最初《さいしょ》から」

「響《ひびき》……」

「まえに、伊藤先生《いとうせんせい》に言《い》われたんだ。高校生《こうこうせい》なんだから、もっといろんな経験《けいけん》しろって。ほかのだれかを好《す》きになれるかは、まだわかんないけど……」

千草《ちぐさ》は、響《ひびき》の持《も》っている弓道道具《きゅうどうどうぐ》に目《め》を向《む》けた。

「その道具《どうぐ》……」

「うん。気分転換《きぶんてんかん》に、市営《しえい》の弓道場《きゅうどうじょう》で練習《れんしゅう》しようって、誘《さそ》ってもらったんだ」

「えっ、だれに？」

「藤岡《ふじおか》くん」

響《ひびき》が笑《わら》う。

でもそれは、むりやりつくった笑顔《えがお》だ。

響《ひびき》のせつなさが痛《いた》いほどわかり、千草《ちぐさ》は涙《なみだ》をぐっとこらえる。

「……いやだよ」

「えっ？」

目《め》を見張《みは》る響《ひびき》に、千草《ちぐさ》はつかみかかりそうな勢《いきお》いで迫《せま》った。

「いやだよ、おかしいよ！　先生《せんせい》、いっつも難《むずか》しいことばっか言《い》ってるのに、どうして簡《かん》単《たん》なこと、ぜんぜん言《い》えないんだよ！」

「ちーちゃん？」

「……ねえ、響《ひびき》」

今《いま》にも涙《なみだ》があふれそうだった。

千草《ちぐさ》は、響《ひびき》の両手《りょうて》をぎゅっと握《にぎ》って言《い》う。

「世《よ》の中《なか》に、好《す》きになっちゃいけない人《ひと》なんていないよ。絶対《ぜったい》！」

そのひとことは、こおりついていた響《ひびき》の心《こころ》を、またたく間《ま》にとかした。

ドキドキと心臓《しんぞう》が高鳴《たかな》りはじめる。

世界《せかい》に色《いろ》がもどってきたみたいだった。


気《き》づいたら響《ひびき》は、弓道道具《きゅうどうどうぐ》を放《ほう》りだし、自転車《じてんしゃ》に飛《と》びのっていた。

紅葉《こうよう》の並木道《なみきみち》を、息《いき》を切《き》らせて自転車《じてんしゃ》を走《はし》らせる。

空気《くうき》は冷《つめ》たいのに、額《ひたい》に汗《あせ》がにじんだ。

チェックのシャツを翻《ひるがえ》し、響《ひびき》は立《た》ちこぎになり、坂道《さかみち》を必死《ひっし》にのぼる。

ところが、きつい坂《さか》にハンドルを取《と》られ、

「……あっ！」
自転車《じてんしゃ》は、ガシャンと大《おお》きな音《おと》を立《た》てて倒《たお》れた。
響《ひびき》は体《からだ》をまるめ、地面《じめん》に倒《たお》れこむ。
すりむいた膝《ひざ》に、血《ち》がにじんでいた。
それでも響《ひびき》は、涙《なみだ》がこぼれないように力《ちから》をふりしぼって、立《た》ちあがった。
（先生《せんせい》を好《す》きになって、痛《いた》かった。痛《いた》くて、やるせなくて、苦《くる》しくて——）
路面電車《ろめんでんしゃ》の走《はし》る橋《はし》にさしかかるころになると、もう自転車《じてんしゃ》をこぐ力《ちから》もなくなっていた。
響《ひびき》は自転車《じてんしゃ》を押《お》して、荒《あら》い息《いき》のまま歩《ある》きだす。
奥歯《おくば》をギリッとかみ、泣《な》きだしそうになるのをこらえた。
（それでも、好《す》きにならなければよかったとは思《おも》わない。だってあなたは——）

路面電車《ろめんでんしゃ》が走《はし》ってきた。カタンカタンという音《おと》が近《ちか》づいてくる。

と、そのとき、橋《はし》の反対側《はんたいがわ》から声《こえ》が聞《き》こえてきた。

「島田《しまだ》！」

はっとして顔《かお》を向《む》けた瞬間《しゅんかん》、通《とお》りすぎる路面電車《ろめんでんしゃ》が、響《ひびき》の視界《しかい》をさえぎった。

電車《でんしゃ》が行《い》ってしまうのを待《ま》つ。じれったい。

視界《しかい》が開《ひら》けると、停《と》めた車《くるま》から出《で》てくる伊藤《いとう》の姿《すがた》が見《み》えた。

(——生《う》まれて初《はじ》めて、好《す》きになった人《ひと》)

響《ひびき》はありったけの声《こえ》をはりあげた。

「先生《せんせい》!!」

二人《ふたり》は、車《くるま》の行《い》きかう道路《どうろ》をはさんで、こちら側《がわ》とあちら側《がわ》にいた。
姿《すがた》が見《み》えるところにいるのに、手《て》が届《とど》かない。
響《ひびき》はもどかしくて息《いき》が詰《つ》まりそうだった。
「そこにいて！」
伊藤《いとう》はそう叫《さけ》ぶと車《くるま》に乗《の》り、停車《ていしゃ》できる場所《ばしょ》まで走《はし》らせる。
響《ひびき》はその場《ば》に自転車《じてんしゃ》を放《ほう》りだし、痛《いた》む足《あし》をひきずりながら駆《か》けだした。
車《くるま》を停《と》めた伊藤《いとう》が、走《はし》って道路《どうろ》のこちら側《がわ》にわたってくる。
二人《ふたり》の距離《きょり》が近《ちか》づいていく。もう少《すこ》しで手《て》が届《とど》く。
やがて響《ひびき》は、倒《たお》れこむように伊藤《いとう》の腕《うで》にしがみついた。
「先生《せんせい》！」
伊藤《いとう》が、響《ひびき》の体《からだ》を受《う》けとめる。
視線《しせん》を合《あ》わせた二人《ふたり》には、もうおたがいの姿《すがた》しか映《うつ》っていなかった。

響《ひびき》は、伊藤《いとう》に取《と》りすがって叫《さけ》んだ。

「ごめんなさい！　学校《がっこう》辞《や》めたりしないでください！　私《わたし》、校長先生《こうちょうせんせい》に話《はな》すから。誤解《ごかい》といてみせるから！」

「もういいんだ」

やわらかく伊藤《いとう》がほほえむ。

「どうして!?　伊藤先生《いとうせんせい》はなにも悪《わる》くないのに！」

「だから、それはいいんだよ」

「よくないよ！　なにもよくな――」

取《と》りみだす響《ひびき》を、伊藤《いとう》はぎゅっと抱《だ》きしめた。

ここは歩道《ほどう》の真《ま》ん中《なか》だ。人《ひと》も見《み》ている。

けれど、もうだれが見《み》ていようと気《き》にしない。

「……誤解《ごかい》じゃない」

逃《に》げることも、もうやめた。

腕《うで》の中《なか》にいる響《ひびき》に、正直《しょうじき》な気持《きも》ちが伝《つた》われば、それでよかった。

「島田響《しまだひびき》を好《す》きになった」


響《ひびき》は、流《なが》れる涙《なみだ》をおさえることができなかった。

自分《じぶん》が大人《おとな》なら、先生《せんせい》を苦《くる》しませることなんてなかったのに、と思《おも》う。

ゆっくりと伊藤《いとう》から体《からだ》をはなし、涙声《なみだごえ》でつぶやく。

「なんで私《わたし》……子《こ》どもなんだろう……。はやく、はやく大人《おとな》になりたい……」

伊藤《いとう》は優《やさ》しくほほえんだ。

響《ひびき》の頬《ほお》をぬらす涙《なみだ》を指《ゆび》でぬぐい、なだめるように髪《かみ》をなでる。

そして響《ひびき》の手《て》を取《と》って、正面《しょうめん》に向《む》きなおった。

「いつか、ちゃんとつきあおう。それまで待《ま》っててほしい」

響《ひびき》がおどろいて、伊藤《いとう》を見《み》つめる。

「無理《むり》にじゃなくていいんだ。もし、その間《あいだ》におまえがほかのやつを好《す》きになったなら、それでもかまわな――」

そこで伊藤《いとう》はいちど言葉《ことば》を切《き》った。

逃《に》げないと決《き》めたのだから、こんな言《い》いかたをしてはいけない。

覚悟《かくご》を決《き》めて、言《い》いなおす。

「――いや、俺《おれ》を待《ま》っていてくれ」

響《ひびき》は、涙《なみだ》でぐしゃぐしゃになった顔《かお》で、にっこり笑《わら》い、うなずいた。

伊藤《いとう》が、響《ひびき》をそっと抱《だ》きよせる。

二人《ふたり》の張《は》りつめた気持《きも》ちが、するりとほどけていく。

道路《どうろ》を車《くるま》が行《い》きかい、路面電車《ろめんでんしゃ》が走《はし》る。

まだ夕日《ゆうひ》の明《あか》るさが残《のこ》る空《そら》からは、ちらちらと粉雪《こなゆき》が舞《ま》いおりてきた。

エピローグ

満開《まんかい》の桜《さくら》。

枝《えだ》の間《あいだ》からは、やわらかな日差《ひざ》しがこぼれている。

県立南高校《けんりつみなみこうこう》では、第八十一回目《だいはちじゅういっかいめ》の卒業証書授与式《そつぎょうしょうしょじゅよしき》が行《おこな》われていた。


「えー、みなさん。ご卒業《そつぎょう》おめでとうございます。三年前《ねんまえ》、桜《さくら》の咲《さ》くころにこの学校《がっこう》の校門《こうもん》をくぐり、そしてあっという間《ま》に今日《きょう》のこの旅立《たびだ》ちのときを迎《むか》えることになりました――」

体育館《たいいくかん》の壇上《だんじょう》では、相変《あいか》わらず話《はなし》の長《なが》い校長《こうちょう》がだらだらと挨拶《あいさつ》をつづけている。

響《ひびき》たち卒業生《そつぎょうせい》の制服《せいふく》の胸《むね》には、花飾《はなかざ》りがつけられていた。

千草《ちぐさ》は卒業式《そつぎょうしき》がはじまってからずっと、ぐずぐず泣《な》いている。

教員席《きょういんせき》には中島《なかじま》と関矢《せきや》が座《すわ》っているけれど、伊藤《いとう》はそこにいなかった。

式《しき》が終《お》わり、クラスメイトたちに別《わか》れの挨拶《あいさつ》をすると、生徒《せいと》たちは思《おも》い思《おも》いに校庭《こうてい》へ出《で》た。

涙《なみだ》を流《なが》して別《わか》れを惜《お》しんでいる人《ひと》たち。

記念写真《きねんしゃしん》を撮《と》ろうと、集《あつ》まっている人《ひと》たち。

先輩《せんぱい》の持《も》ち物《もの》をゆずってもらい、喜《よろこ》んでいる後輩《こうはい》たち。

みんな、今日《きょう》の青空《あおぞら》と同《おな》じくらい晴《は》れやかな表情《ひょうじょう》だ。

響《ひびき》と千草《ちぐさ》、浩介《こうすけ》は、カーネーションと卒業証書《そつぎょうしょうしょ》の入《はい》った筒《つつ》を手《て》にして、校庭《こうてい》を歩《ある》く。

「あぁぁあ、ほんと、校長《こうちょう》の話《はなし》って長《なが》いったらない！」

千草《ちぐさ》の言《い》うとおりだったので、響《ひびき》と浩介《こうすけ》は苦笑《にがわら》いした。

ふと、千草《ちぐさ》が立《た》ちどまる。

「あっ、今日《きょう》このあと、どうしますか!?」

「あ……俺《おれ》、これから用事《ようじ》が……」

そわそわ落《お》ち着《つ》かない様子《ようす》で浩介《こうすけ》が答《こた》えたので、響《ひびき》には察《さっ》しがついた。

「もしかして、中島先生《なかじませんせい》？」

「……うん」

それを聞《き》いた響《ひびき》と千草《ちぐさ》は、顔《かお》を見合《みあ》わせて、キャッキャと盛《も》りあがった。

浩介《こうすけ》がてれくさそうに、ぽりぽりと頭《あたま》をかく。

「卒業《そつぎょう》したら、もういっぺんちゃんと告《こく》ろうって決《き》めてた」

「卒業《そつぎょう》するまでずっと待《ま》ってたの？　うーわ、こーわっ！　執念《しゅうねん》ぶかっ！」

千草《ちぐさ》がふざけると、浩介《こうすけ》はふてくされた。

「なんだよ」

「ほめ言葉《ことば》だよ。一途《いちず》だねーって」

響《ひびき》と千草《ちぐさ》は、ひやかすようにまた笑《わら》った。

そのとき、遠《とお》くから男子生徒《だんしせいと》の声《こえ》が聞《き》こえてくる。

「千草《ちぐさ》せんぱーい！」

後輩《こうはい》の男子《だんし》は、千草《ちぐさ》に向《む》かって無邪気《むじゃき》に手《て》を振《ふ》っていた。

よく見《み》れば、彼《かれ》は同《おな》じ弓道部《きゅうどうぶ》の二年生《ねんせい》だ。顔《かお》をほころばせて、はた目《め》にも千草《ちぐさ》のことを好《す》きなのがよくわかる。

千草《ちぐさ》は幸《しあわ》せそうな笑顔《えがお》をうかべ、後輩《こうはい》に手《て》を振《ふ》った。

「あ、ごめーん、ちょっと待《ま》ってて！」

響《ひびき》が、「えっ？　あれっ？」と後輩《こうはい》と千草《ちぐさ》を交互《こうご》に見《み》る。

浩介《こうすけ》がつっこむ。

「あいつ、うちの二年《ねん》じゃん」

てれくさくなった千草《ちぐさ》は、両手《りょうて》で顔《かお》を隠《かく》してニヤニヤ笑《わら》った。

千草《ちぐさ》は、先生《せんせい》でもサッカー部《ぶ》の先輩《せんぱい》でもなく、同《おな》じ部《ぶ》の後輩《こうはい》とつきあいだしたのだった。

「なんだよ。おまえもやることやってんじゃねーか」

「ええっ、気《き》づかなかった！」

と、響《ひびき》は目《め》を丸《まる》くした。

だれかを好《す》きになるたびに、あけすけに大《おお》さわぎして、すぐにアタックしていた今《いま》までの千草《ちぐさ》とは、大《おお》ちがいだった。

顔《かお》つきも、関矢《せきや》やサッカー部《ぶ》の先輩《せんぱい》を追《お》いかけていたときとは、ぜんぜんちがう。

少《すこ》し大人《おとな》びたように、響《ひびき》には見《み》えた。

「へへへ……。私《わたし》さ、響《ひびき》たちのこと見《み》てて思《おも》ったんだよね」

千草《ちぐさ》は、ニカッととびきりの笑顔《えがお》を見《み》せる。

「一生懸命《いっしょうけんめい》にだれかを好《す》きになるのって、やっぱいいなーって！」

「ちーちゃん……」

響《ひびき》がほほえむと、千草《ちぐさ》がガバッと抱《だ》きついてくる。

「響《ひびき》ーっ、ごめんねー。そういうわけで、今日《きょう》はここで。卒業《そつぎょう》おめでとーっ！」

そう言《い》い残《のこ》すと、あっという間《ま》に後輩《こうはい》のところへ飛《と》んでいってしまった。

そして、みんながいるのもかまわず、いちゃいちゃしはじめる。

浩介《こうすけ》があきれて「あーあー」と苦笑《にがわら》いした。

「じゃ、俺《おれ》も行《い》くわ。また連絡《れんらく》すっからよ。じゃな」

響《ひびき》はこくんとうなずき、去《さ》っていく浩介《こうすけ》に手《て》を振《ふ》った。

一人残《ひとりのこ》った響《ひびき》は、ふうと小《ちい》さく息《いき》を吐《は》く。

目《め》の前《まえ》に桜《さくら》の花《はな》びらが一枚《まい》、ふわりと舞《ま》いおちてきた。

顔《かお》をあげて、満開《まんかい》の桜《さくら》の木《き》を眺《なが》める。

「今年《ことし》は、桜《さくら》、早《はや》いな……」

まだ時間《じかん》があった。

響《ひびき》は、少《すこ》し校舎《こうしゃ》を歩《ある》くことにした。

卒業式《そつぎょうしき》の終《お》わった校内《こうない》は、とても静《しず》かだった。

廊下《ろうか》を歩《ある》いていると、パタパタと下級生《かきゅうせい》の足音《あしおと》が聞《き》こえてくる。

見《み》ると、女子《じょし》二人《ふたり》と男子《だんし》一人《ひとり》が、なにやら話《はな》しながらこちらへ走《はし》ってくるところだった。

「早《はや》くしないと帰《かえ》っちゃうよ」

「だってー」

「今日《きょう》、卒業式《そつぎょうしき》だぞ」

「そーだよ、せっかく書《か》いたんじゃん」

ふいに三人《にん》は響《ひびき》の目《め》の前《まえ》で止《と》まり、ぺこっと頭《あたま》をさげる。そしてまた走《はし》っていく。

話《はなし》の内容《ないよう》から、響《ひびき》は思《おも》った。

(だれかにラブレターをわたしに行《い》くのかな)

響《ひびき》の胸《むね》の中《なか》に、二年生《ねんせい》のときの出来事《できごと》がよみがえる。

(あの日《ひ》、私《わたし》たちも同《おな》じようなことをしたよね)

「上《うえ》から二、右《みぎ》から四だったと思《おも》って……」

と、下駄箱《げたばこ》をまちがえた響《ひびき》があやまって。
「おまえなぁ、千草《ちぐさ》。なんでも響《ひびき》にたのむんじゃねーよ」
と、浩介《こうすけ》が千草《ちぐさ》に文句《もんく》を言《い》って。
あの日《ひ》の会話《かいわ》を思《おも》い出《だ》した響《ひびき》は、ふふっと思《おも》わずほほえんでしまう。
弓道場《きゅうどうじょう》に行《い》ってみる。
そこにはだれもいなくて、澄《す》んだ空気《くうき》だけが満《み》ちていた。

明日《あした》になれば、
ここは私《わたし》たちの場所《ばしょ》ではなくなって、
だれかがまた、新《あたら》しい物語《ものがたり》をつくっていく。
屋上《おくじょう》へつづく階段《かいだん》を、響《ひびき》はゆっくりのぼっていった。

屋上《おくじょう》にはだれもいない。
響《ひびき》には、文化祭《ぶんかさい》の日《ひ》にここに立《た》っていた伊藤《いとう》の姿《すがた》が見《み》えるようだった。

だけど、ここで考《かんが》えて、
ここで迷《まよ》って、
ここで思《おも》ったことは、
私《わたし》の中《なか》にずっと残《のこ》って、この先《さき》につづく道《みち》を、歩《ある》く力《ちから》になります。

響《ひびき》は、だれもいなくなった教室《きょうしつ》を、そっとのぞいた。
黒板《こくばん》にはチョークで大《おお》きく『ありがとう南高《みなみこう》！』と書《か》いてあり、そのまわりにみんなのメッセージやイラストが楽《たの》しげに散《ち》らばっていた。

どんな思《おも》い出《で》も、喜《よろこ》びも、悲《かな》しみも、

みんな私《わたし》の力《ちから》になります。


黒板《こくばん》の寄《よ》せ書《が》きを見《み》て、幸《しあわ》せそうにほほえみ、響《ひびき》は校舎《こうしゃ》をあとにする。

約束《やくそく》の時間《じかん》はもうすぐ。

満開《まんかい》の桜《さくら》の下《した》、響《ひびき》はもう人《ひと》けのなくなった校門《こうもん》へ向《む》かう。

門《もん》の外《そと》には、見慣《みな》れた車《くるま》が停《と》まっていた。

伊藤《いとう》が、車《くるま》のそばに立《た》ち、響《ひびき》を見《み》つけて目《め》を細《ほそ》める。

響《ひびき》もおだやかに頬《ほお》をゆるめ、校門《こうもん》を出《で》ていく。

響《ひびき》には、なにもかもがまぶしくて、目《め》がくらみそうだった。

伊藤《いとう》の前《まえ》で立《た》ちどまる。

「――卒業《そつぎょう》、しました」

「ああ。おめでとう。なにがしたい？」

響《ひびき》はぽつりとつぶやく。

「……手《て》、つなぎたいです」

伊藤《いとう》は優《やさ》しく笑《わら》い、響《ひびき》に手《て》をさしだした。

ためらいながら、響《ひびき》はその手《て》に、自分《じぶん》の手《て》をのせる。

やっと触《ふ》れることを許《ゆる》されたおたがいの手《て》が、ふわっと握《にぎ》られる。

「……小《ちい》さいな。冷《つめ》たい」

伊藤《いとう》が言《い》うと、響《ひびき》が答《こた》える。

「先生《せんせい》の手《て》は……あったかくておっきい」

響《ひびき》は、伊藤《いとう》の手《て》に頬《ほお》を寄《よ》せる。

それから二人《ふたり》はまっすぐに見《み》つめ合《あ》い、ほほえんだ。


――出会《であ》えてよかった。先生《せんせい》――。

二人《ふたり》はそっとキスをした。
このキスは、もうだれにも邪魔《じゃま》されることはない。
青空《あおぞら》に、風《かぜ》に吹《ふ》かれた桜《さくら》の花《はな》びらが舞《ま》いとんだ。

おわり

この本《ほん》は、映画《えいが》『先生《せんせい》！、、、好《す》きになってもいいですか？』（二〇一七年《ねん》十月《じゅうがつ》公開《こうかい》／岡田麿里《おかだまり》 脚本《きゃくほん》／ワーナー・ブラザース映画作品《えいがさくひん》）をもとにノベライズしたものです。

また、映画《えいが》『先生《せんせい》！、、、好《す》きになってもいいですか？』は、集英社《しゅうえいしゃ》コミック文庫《ぶんこ》『先生《せんせい》！』（河原和音《かわはらかずね》／集英社《しゅうえいしゃ》）を原作《げんさく》として映画化《えいがか》されました。

集英社みらい文庫

先生《せんせい》！

、、、好《す》きになってもいいですか？

映画《えいが》ノベライズ みらい文庫版《ぶんこばん》

河原和音《かわはらかずね》　原作／カバーイラスト
はのまきみ　著
岡田磨里《おかだまり》　脚本

ファンレターのあて先
〒101-8050 東京都千代田区一ツ橋2-5-10 集英社みらい文庫編集部
いただいたお便りは編集部から先生におわたしいたします。

2017年9月27日　第1刷発行

発行者	北畠輝幸
発行所	株式会社 集英社 〒101-8050　東京都千代田区一ツ橋2-5-10 電話　編集部 03-3230-6246 読者係 03-3230-6080 販売部 03-3230-6393（書店専用） http://miraibunko.jp
装丁	+++ 野田由美子　中島由佳理
印刷	図書印刷株式会社　凸版印刷株式会社
製本	図書印刷株式会社

ISBN978-4-08-321394-6　C8293　N.D.C.913　172P　18cm

伊藤《いとう》先生《せんせい》の過去《かこ》があきらかに——!!

ふたりの間《あいだ》を阻《はば》む恋《こい》のライバルも続々《ぞくぞく》登場《とうじょう》!

響《ひびき》の知《し》らぬ間《ま》に伊藤《いとう》先生《せんせい》と藤岡《ふじおか》くんが急接近《きゅうせっきん》!?

映画《えいが》とはまたちがう魅力的《みりょくてき》なエピソードがいっぱい!!!

くわしくは、コミックスをチェック♪

「みらい文庫《ぶんこ》」読者《どくしゃ》のみなさんへ

言葉《ことば》を学《まな》ぶ、感性《かんせい》を磨《みが》く、創造力《そうぞうりょく》を育《はぐく》む……、読書《どくしょ》は「人間力《にんげんりょく》」を高《たか》めるために欠《か》かせません。たった一枚《いちまい》のページをめくる向《む》こう側《がわ》に、未知《みち》の世界《せかい》、ドキドキのみらいが無限《むげん》に広《ひろ》がっている。これこそが「本《ほん》」だけが持《も》っているパワーです。

学校《がっこう》の朝《あさ》の読書《どくしょ》に、休《やす》み時間《じかん》に、放課後《ほうかご》に……。いつでも、どこでも、すぐに続《つづ》きを読《よ》みたくなるような、魅力《みりょく》に溢《あふ》れる本《ほん》をたくさん揃《そろ》えていきたい。読書《どくしょ》がくれる、心《こころ》がきらきらしたり胸《むね》がきゅんとする瞬間《しゅんかん》を体験《たいけん》してほしい、楽《たの》しんでほしい。みらいの日本《にほん》、そして世界《せかい》を担《にな》うみなさんが、やがて大人《おとな》になった時《とき》、「読書《どくしょ》の魅力《みりょく》を初《はじ》めて知《し》った本《ほん》」「自分《じぶん》のおこづかいで初《はじ》めて買《か》った一冊《いっさつ》」と思《おも》い出《だ》してくれるような作品《さくひん》を一所懸命《いっしょけんめい》、大切《たいせつ》に創《つく》っていきたい。

そんないっぱいの想《おも》いを込《こ》めながら、作家《さっか》の先生方《せんせいがた》と一緒《いっしょ》に、私《わたし》たちは素敵《すてき》な本作《ほんづく》りを続《つづ》けていきます。「みらい文庫《ぶんこ》」は、無限《むげん》の宇宙《うちゅう》に浮《う》かぶ星《ほし》のように、夢《ゆめ》をたたえ輝《かがや》きながら、次々《つぎつぎ》と新《あたら》しく生《う》まれ続《つづ》けます。

本《ほん》を持《も》つ、その手《て》の中《なか》に、ドキドキするみらい――。

本《ほん》の宇宙《うちゅう》から、自分《じぶん》だけの健《すこ》やかな空想力《くうそうりょく》を育《そだ》て、〝みらいの星《ほし》〟をたくさん見《み》つけてください。

そして、大切《たいせつ》なこと、大切《たいせつ》な人《ひと》をきちんと守《まも》る、強《つよ》くて、やさしい大人《おとな》になってくれることを心《こころ》から願《ねが》っています。

２０１１年《ねん》　春《はる》

集英社《しゅうえいしゃ》みらい文庫《ぶんこ》編集部《へんしゅうぶ》